良友文學叢書

趙家璧編輯

第　四　種

良友總公司

上海北四川路

各省良友公司

南京　北平　漢口　廣州　汕頭　梧州　紐約　廈門

美美公司

新嘉坡　香港

一天的工作

魯迅編譯

上海良友圖書印刷公司印行

1933

一九三二，十，二十 付排
一九三三，三，一 初版

1——2000

實售大洋九角

目錄

前記

蘇聯的無產作家，是十月革命以後，即努力于創作的，一九一八年，無產者教化團就印行了無產者小說家和詩人的叢書。二十年夏，又開了作家的大會。而最初的文學者的大結合，則是名爲『鍛冶廠』的集團。

但這一集團的作者，是往往負着深的傳統的影響的，因此就少有獨創性，到新經濟政策施行後，誤以爲革命近于失敗，折了幻想的翅子，幾乎不能歌唱了。首先對他們宣戰的，是『那巴斯圖』（意云：在前哨）派的批評家，英古羅夫說：『對于我們的今日，他們在怠工，理由是因爲我們的今日，沒有十月那時的燦爛。他們……不願意走下英雄底阿靈比亞來。這太平常了。這不是他們的事。』

一九二二年十二月，無產者作家的一團在『青年衛軍』的編輯室裏集合，決議另組一個『十月團』，『鍛冶廠』和『青年衛軍』的團員，離開舊社，加入者不少，這是『鍛冶廠』分裂的開端。『十月團』的主張，如烈烈威支說，是『內亂已經結束，「暴風雨和襲擊」的時代過去了。而灰色的暴風雨的時代又已到來，在無聊的幔下，暗暗地準備着新的「暴風雨」和新的「襲擊」。』所以抒情詩須用敍事詩和小說來替代；抒情詩也『應該是血，是肉，給我們看活人的心緒和感情，不要表示柏拉圖一流的歡喜了。』

但『青年衛軍』的主張，却原與『十月團』有些相近的。

革命直後的無產者文學，誠然也以詩歌爲最多，內容和技術，傑出的都很少。有才能的革命者，還在血戰的渦中，文壇幾乎全被較爲閒散的『同路人』所獨占。然而還是步步和社會的實現一同進行，漸從抽象的，主觀的而到了具體的，實在的描寫，紀念碑的長篇大作，陸續發表出來，如里培進斯基的『一週間』，綏拉菲摩維支的『鐵流』，革拉特珂夫的『士敏土』，就都是一九二三至二四年中的大收穫，且已移植到中國，爲我們所熟識的。

站在新的立場上的智識者的作家既經輩出，一面有些『同路人』也和現實接近起來，如伊凡諾夫的『哈蒲』，斐定的『都市與年』，也被稱爲蘇聯文壇上的重要的收穫。先前的勢如水火的作家，現在似乎漸漸有些融洽了。然而這文學上的接近，淵源其實是很不相同的。珂剛教授在所著的『偉大的十年的文學』中說：

『無產者文學雖然經過了幾多的變遷，各團體間有過爭鬬，但總是以一個觀念爲標幟，發展下去的。這觀念，就是將文學看作階級底表現，無產階級的世界感的藝術底形式化，組織意識，使意志向着一定的行動的因子，最後，則是戰鬥時候的觀念形態底武器。縱使各團體間，頗有不相一致的地方，但我們從不見有誰想要復興一種超階級的，自足的，價值內在的，和生活毫無關係的文學。無產者文學是從生活出發，不是從文學性出發的。雖然因爲作家們的眼界的擴張，以及從直接鬪爭的主題，移向心理問題，倫理問題，感情，情熱，人心的細微的經驗，那些稱爲永久底全人類的主題的一切問題去，而「文學性」也愈加占得光榮的地位；所謂藝術底手法，表現法，技巧之類，又會有重要的意義；學習藝術，研究藝術，研究藝術的技法等事，成了急務，公認爲切要的口號；有時還好像文學遶了一個大圈子，又回到原先的處所了。

『所謂「同路人」的文學，是開拓了別一條路的。他們從文學走到生活去。他們從價値內在底的技巧出發。他們先將革命看作藝術底作品的題材，自說是對于一切傾向性的敵人，夢想着無關于傾向的作家的自由的共和國。然而這些「純粹的」文學主義者們——而且他們大抵是青年——終于也不能不被拉進全線沸騰着的戰爭裏去了。他們參加了戰爭。于是從革命底實生活到達了文學的無產階級作家們，和從文學到達了革命底實生活的「同路人們」，就在最初的十年之終會面了。最初的十年的終末，組織了蘇聯作家的聯盟。將在這聯盟之下，互相提攜，前進了。最初的十年的終末，由這樣偉大的試練來作紀念，是毫不足怪的。』

由此可見在一九二七年頃，蘇聯的『同路人』已因受了現實的薰陶，瞭解了革命，而革命者則由努力和教養，獲得了文學。但僅僅這幾年的洗練，其實是還不能消泯痕迹的。我們看起作品來，總覺得前者雖寫革命或建設，時時總顯出旁觀的神情，而後者一落筆，就無一不自己就在裏邊，都是自己們的事。

可惜我所見的無產者作家的短篇小說很有限，這十篇之中，首先的兩篇，還是『同路人』的，後八篇中的兩篇，也是由商借而來的別人所譯，然而是極可信賴的譯本，而偉大的作者，遺漏的還很多，好在大抵別有長篇，可供閱讀，所以現在也不再等待，收羅了。

至于作者小傳及譯本所據的本子，也都寫在『後記』裏，和『豎琴』一樣。

臨末，我並且在此聲謝那幫助我搜集傳記材料的朋友。

一九三二年九月十八夜，魯迅記。

苦蓬

B·畢力湼克 作

一

回轉身，走向童山頂上的發掘場(一)那面去，就覺出苦蓬的苦氣來。苦蓬展開了蒙着銀色塵埃的硬毛，生滿在丘岡上，發着乾燥的苦味。從空曠的頂上，可望周圍四十威爾斯忒(二)，山下流着伏爾迦河，山後的那邊，躺着烟囱林立的少有人烟的臨終的街市。從平原上，是吹來了颯颯的風。

當站住告別的時候，望見從對面的山峽裏，向發掘場這邊跑來了一串裸體的女人，披頭散髮，露出烏黑的凹進的小腹，手揑茅花，大踏着從從容容的脚步。　女人們一聲不響，走到發掘場，將太古的遺迹繞了一圈，又揚着苦蓬的塵埃，回到山崖那邊，山峽那邊，峽後面的村落那邊去了。

包迪克于是開口說；

『離這里十五威爾斯忒的處所，有一個沿河的小村，那里還留着千年前以來的迷信。　閨女們跑出了自己的土地，用了自己的身體和純潔來厭禳，那是在彼得●桑者符洛忒週間內舉行的。　誰想出來的呢，說是什麼桑者符洛忒！　……比起發掘之類來，有趣得多哩。　此刻豈不是半夜麽，那些閨女們恐怕正在厭禳我們罷。　那是閨女的祕密呵。』

從平原上，又吹來了颯颯的風。　在無限的天空中，星在流走，——七月的流星期已經來到了。　絡緯發出乾燥悶熱的聲音。　苦蓬放着苦氣味。

註一：考古學家發掘古代遺迹之處——譯者。

註二：俄里——譯者。

告別了。臨別的時候，包迪克捏着那泰理亞的手，這樣說：

「那泰理亞，可愛的人兒，你什麼時候歸我呢？」

那泰理亞並不立刻，用了低低的聲音回答道？

「不要這樣子，弗羅貝呀。」

包迪克往天幕那邊去了。那泰理亞回到山崖這面，穿過白辛樹和楓樹生得蒙蒙茸茸的小路，回了公社的地主的家裏。夜也滅不掉白天曬上的熱。雖說是半夜，却熱得氣悶，草，遠方，伏爾迦河，大氣，一切都銀似的乾透了在發閃。從多石的小路上，飛起了乾燥的塵埃。

調馬的空地上，躺着斯惠里特，看了天在唱歌：

伏爾迦，伏爾迦，河的娘！

請打科爾卻克(一)的耳光！

伏爾迦，伏爾迦，水的娘！

請打共產黨員的耳光！

看見了那泰理亞，便說：

『就是夜裏，那泰理亞姑娘，也還是不能睏覺的呵，倘不怎麼消遣消遣，公社裏的人們，都到野地裏去了哩。到發掘場去走了一趟麼？不是全市都要掘轉了麼，——這樣的年頭，什麼都要掘轉呀，眞是的。』

——于是又唱起歌來；

伏爾迦，伏爾迦，河的娘呀！………

『市上的報紙送到了。苦蓬的氣味好不重呵，這地方是。』

那泰理亞走進天花板低低的讀書室（在地主時代，這地方是客廳），點起蠟燭來。昏昏的光，反映在帶黃的木柱上。掛着布片的小廚，打磨過的大廚（沒有門的），還是先前一樣站着，窗上是垂着手編的鏤空花紋的窗幔。低矮的家用什物，都依了平凡的擺法整然排列着。

側着頭——沈重的束髮，掛下了——看報。用灰色紙印的市上送來

註一：白黨的將軍——譯者。

的報章上，用阿喀末屑做成的青色的墨斯科的報章上，都滿是擾亂和悲慘的記事。糧食沒有了，鐵沒有了，有飢渴和死亡和虛僞和艱難和恐怖。

老資格的革命家，生着馬克斯一般的絡腮鬍子的綏蒙•伊凡諾微支走了進來。坐在安樂椅子上，手忙脚亂地開始吸烟捲。

『那泰理亞！』

『噯。』

『我去過市裏了，你猜是開手了些什麼？什麼也沒有！到冬天，怕都要餓死，凍掉的罷。你知道，在俄國，沒有鍊鐵所必要的鹽：沒有鐵，就不能打銼子，沒有銼，就不能磨鋸子。所以連鋸柴也無論如何做不到，——那里有鹽呢！糟呀。你也懂得的罷，多麼糟呢，——多麼糟的，討厭的冷靜呵。你瞧，說是活，說是創造，不如說死倒是真的。在這里四近的，是死呀，飢餓呀，傷寒症呀，天泡瘡呀，霍亂呀……樹林裏，山谷裏，到處是流氓。怎麼樣，——那死一般的冷靜。死滅呀。在草原上，連全體死滅了的村子也有，沒一個來埋掉死屍的人。每夜每夜，逃兵和野狗在惡臭裏亂跑……唉唉，俄羅斯國民！……』

屋頂的那泰理亞的屋子裏面，和堆在屋角的草綑一起，豎着十字架的像。大肚子的桃花心木的梳裝臺上，和舊的雜亂的小器具並排放着的鏡子，是昏暗，剝落了。梳裝臺的匣子打開着，從這里還在放散些地主時代蠟香，在底裏，則撒着條紋絹的小片，——這屋子裏，先前是住着地主的女兒的，有小地毯和路毯。從窗間，則伏爾迦河，以及那對面的草原——耕作地和美陀益尼的森林，都邈然在望，知道冬天一到，這茫茫的平野便將掩于積雪，通體皓然了。那泰理亞重整了束髮，脫去上衣，只穿一件雪白的小衫，站在窗前很長久。她想着考古學家包迪克的事，綏蒙•伊凡諾微支的事，自己的事，革命的悲哀，自己的悲哀。

燕子首先報曉，在昏黃乾燥的暗中，飛着錫且培吉(一)，最後的蝙蝠

註一：似是鳥名——譯者。

也飛過了。和黎明一同，苦蓬也開始發出苦氣來。那泰理亞知道——苦蓬的發散氣味，那苦的童話一般的氣味，生和死的水的氣味之在發散，也不僅是這平野中的七月，我們的一生中是都在發散的。苦蓬的苦，是現代的苦：但農家婦女們，都用苦蓬來驅除惡魔和不淨。俄羅斯的民衆……她想起來了，四月裏，在平野上的一個小車站那里，——那地方，有的是天空和平野和五株白楊樹和鐵軌和站屋，——曾經見過三個人——兩個農夫和一個孩子。三個都穿草鞋，老人披着短外套，女兒是赤膊的。他們的鼻子，都在說明着他們的血中，的確混着秋瓦希和韃靼的血液。三個都顯着瘦削的臉。大的通黃的落日，照映着他們。老人的臉正像農家草舍，頭髮是草屋頂一般披垂，深陷的眼（是昏暗的小窗）凝視着西方，似乎千年之間總是這模樣。在那眼中，有着一點東西，可以稱爲無限的無差別，也可以稱爲難懂的世紀的智慧。那泰理亞那時想——惟這纔是眞的俄羅斯國民，惟這纔是有着農家草舍似的損傷了的臉和草屋頂似的頭髮的，浸透了灰塵和汗水的，鈍弱的灰色的眼。老人凝視着西方。別一個彎了腿，將頭靠在那上面，不動地坐着。女孩躺在散着向日葵子殼和痰和唾沫的街石上，睡着了。大家都不說話。如果去細看他們，——正值仗着他們，以他們之名，而在革命，——是悲痛，難堪的……他們，是沒有歷史的國民，——爲什麼呢，因爲有俄羅斯國民的歷史的地方，就有作自己的童話，作自己的歌謠的國民在……這些農民，于是偶或誤入公社中，發出悲聲，唱歌，行禮，求討東西，自述他們是巡禮者。首先，是平野上的飢渴，趕他們出來的，什麼全都喫光，連馬也喫掉了，在故鄉，只剩下釘了門的小屋，而且爲了基督的緣故，在平野裏彷徨。那泰理亞看見從他們那里有蝨子落下。

家裏有水桶聲，女人們出去擠牛奶了。馬匹已由夜間的放牧，趕了回來。一夜沒有睡的綏蒙。伊凡諾微支，和斯惠里特一同整好馬車，出外往灘邊收羅乾草去了。頗大了的雞雛，鬧起來了。用炎熱來燒焦大地的白天，已經到來。那時候，在晚上，爲了前去尋求別樣的苦蓬——尋求包迪克的苦蓬，尋求歡喜的苦楚，非熬這炎熱不可了。因爲在那泰理亞，是未曾有過這苦蓬的歡喜的，而送來那歡喜者，則是或生或死的這些炎熱的白天。

二

伏爾迦河被鋒利地喫了進去。沿崖只有白辛樹生長着的空蕩蕩的童山，突出在伏爾迦河裏。這以四十威爾斯忒的眺望，高高地挺然立于伏爾迦之上。名曰烏佛克山，——世紀在這里保存了自己的名字。

在烏佛克的頂上，發見了遺迹和古墳，考古學家包迪克爲要掘出牠來，和先前在伏爾迦河上作工的一隊工人一同光降了。發掘亙三週間，世紀被從地下掘起。在烏佛克，有古代街市的遺迹發見了。石造的水道的舊跡，屋宇的基礎，運河等類皆出現。爲石灰石和黑土所埋沒的這建築物，並非斯啓孚和保加利亞人所遺留下來的東西。是不知何人從亞細亞的平原來到這里，想建立都會，而永久地從歷史上消滅了的。他們之後，這不知何人之後，這里便來了斯啓孚人，他們就留下了自己的墳墓。在墳墓裏，石的墳洞裏，石的棺裏，穿着一觸便灰燼似的紛紛迸散的衣服的人骨，和刀，銀的花瓶——這里是有阿拉伯的錢幣的——，畫出騎馬人和獵夫模樣的瓶和盤子——這里是曾經盛過飲料和食物的——這些東西一同倒臥着；腳的處所，有帶着金和骨和石做成的鞍橋的馬骨，那皮是成了木乃伊似的了。石的墳洞裏，是死的世界，什麼氣味也沒有，非進那裏面去不可的時候，思想總是分明地沈靜下去，心裏是湧出了悲哀。烏佛克的頂上，是光光的。在炎熱的暑氣中，展開了蒙着銀似的塵埃的硬毛，苦蓬生長着。而且發出苦的氣味來。這是世紀。

世紀也如星辰一般，能教誨。包迪克知道苦的歡喜。考古學家包迪克的理解，是上下幾世紀的。事物總不訴說生活，倒訴說藝術。事件，已經便是藝術了。包迪克也如一切藝術家一樣，由藝術來測度了生活。

在這里，烏佛克和曙光一同開始發掘，用大鍋燒了熱湯。發掘了。正午，從公社裏搬了食物來。休息了。又發掘了。直到傍晚。晚上，堆了柴，燒起篝火來，圍着牠談天，唱歌……在山峽的那邊的村子裏，都在耕耘，收穫，飲，食，眠——爲了要活。山崖下面的公社裏，也和這一樣，做，食，眠；而且一切人們，還想十足地喝乾生活的杯，飲盡平安和歡樂。和照例的炎熱的日子一同，熱的七月是到了。白天呢，實在耀眼得當不住。夜呢，送來了惟夜獨有的那轟動和平安。

或者在掘開夾着燧石和鬼石（黑而細長的）的乾燥的黑土，或者將土載在手推車子上，運去了在過篩。掘下去到了石造的進口了。包迪克和助手們都十分小心地推開了石塊。墳洞是暗的，什麼氣味也沒有。棺在臺座上。點起煤油燈，畫了圖。燒起鎂光來，照下了照相。寂靜，也沒有出聲的人。揭開了大約十普特重的成了蒼白的蓋石。

『這人恐怕就這樣地躺了二千年，二十個世紀了罷。』

一邊的山崖的近處，在掘一種圓圓的建築物的碎片，聚在粗布上。那建築物的石塊，是未爲時光所埋沒，露在地面的。　夜間閨女們來跑了一圈的，就是這廢址。

烏佛克是險峻地挺立着。　在烏佛克下面，任性的河伏爾迦浩浩地廣遠地在流走，　在那泛濫區域的對面，則美陀益尼的森林擡着參差不齊的頭。　——在美陀益尼森林裏，是逃兵和流氓的一團做着窠，掘洞屋，搭棚舍，叢莽陰裏放着步哨，有機關鎗和螺旋鎗，倘遭干涉，便準備直下平原，造起反來，侵入市街去，但這事除了從村子裏來的農夫以外，在烏佛克，是誰也不知道的。

三

太陽走着那灼熱的路程。　白天裏，爲了炎熱和寂靜，令人不能堪，鎔化了玻璃似的細細的暑熱，在遠方發抖。　午後的休息時間，那泰理亞走到發掘場，坐在倒翻在掘開的泥土裏的手推車子上，和包迪克一同曬着太陽在談話。太陽是煌煌地照臨。手推車子上，黑土上，草上，天幕上，都有雜色的條紋絹一般的暑熱的色彩。

那泰理亞講些暑熱的事，革命的事，最近的事。——她竭全身的血以迎革命，希望革命的成就——而今日之日，却落得了苦蓬。今日之日，是用苦蓬在放散着氣味。——她也像綏蒙·伊凡諾微支一般地說。加以爲了包迪克將頭靠在她的膝髁上，爲了她的小衫的鈕子脫開了，露着頸子，而且又爲了熱得太利害，她覺到別的苦蓬了。關于這個，她一句也不提。而她仍然像綏蒙·伊凡諾微支一般地說。

包迪克仰天躺着，半閉了那灰色的眼睛，握着那泰理亞的手。她爲了熱，爲了惱，閉了嘴的時候，他就說起來；

「俄羅斯。革命。是呵。苦蓬在發氣味呀，——生和死的水。是的。什麼都滅亡下去了。沒有逃路。是的……你去想想那個俄羅斯的童話罷——「生和死的水」的話。獃伊凡已經完全沒有法子，自己這里是一物不剩，他連死都不能夠了。但是，獃伊凡勝利了。因爲他有眞實。眞實是要戰勝虛僞的。一切虛僞，是要滅亡的。童話這東西，都是悲哀和恐怖和虛僞所編就的東西，但無論什麽時候，總靠眞實來解開。看我們的周圍罷，——在俄羅斯，現今豈不是正在大行童話麽？創造童話的是國民，創造革命的也是國民，而革命現在是童話一般開頭了。現在的饑荒，不全然是童話麽？現在的死亡，不全然是童話麽？市街豈不是倒回到十八世紀去，童話似的在死下去麽？看我們的周圍罷——是童話呀。而且我們——我們倆之間，也是童話呵。——你的手，在發苦蓬的氣味哪。」

包油克將那泰理亞的手放在眼睛上，悄悄地在手掌上接吻了。那泰理亞低頭坐着。束髮掛了下來。——而且她又激切地覺得，革命之于她，是和帶着悲哀的歡喜，帶着苦蓬的悲哀的那強烈的歡喜相聯繫的。

是童話。烏佛克也是童話裏的東西。美陀益尼也是童話裏的東西。有着馬克斯似的，凱希吉（一）一般黑心的怪物馬克斯似的絡腮鬍子的那綏蒙•伊凡諾微支，也是童話裏的東西。

手推車子。天幕。泥土。烏佛克，伏爾迦，遠方，都爲炎熱炙得光輝燦爛。四近彷彿像要燒起來，既沒有人氣，也沒有人聲。太陽走着三點時分的路程。從手推車子下面和掘土之後蓋着草席的洞裏，時時爬出些穿着紅的短褲和粗布褲子的各自隨意裝束的人物來，細着眼欠伸一下，到水桶裏去喝水，吸煙。

一個男人坐在包迪克的面前，點上了煙捲，摩着袒露的毛茸茸的胸膛，一面慢慢地說：

『喂，動手罷，弗羅理支老板，……用馬，就好了，密哈爾小子，得敲他起來，那畜生，死了似的鑽在土裏面。』

一到傍晚，絡緯叫起來了。那泰理亞挑着大桶，到菜圃去給苗床澆水。額上流着汗，身子爲了桶的重量，緊張得說不出，甜津津地作痛。濺在赤脚上的水點，來了涼爽的心情。一到了傍晚，野雀便在櫻桃樹的茂密中叫了起來，令人想到七月，于是立刻不叫了。最後的蜜蜂向着箱巢，黃金色的空氣中悠悠然飛去。她走進櫻林密處，喫了汁如血液的櫻桃。叢莽之間，生着藍色的吊鐘草和大越橘，——照常採了一些，編起花環來。在樓頂的自己的屋子裏，地主的小姐的屋子裏，玩弄着裝奩中的舊絹布，她一面嗅着蠟香和陳腐的發酸的氣息。她用新的眼睛去看自己的屋子——屋子裏面，罩滿着帶些蒼味的黃昏，輕倩的顫動的影子在地板上爬走，有着舊式的頗爲好看的花紋的藍色牆壁，就用那舊式的沈靜，省事地單純地來迎接了。她在盆子裏用涼水洗了浴。

聽到了綏蒙•伊凡諾微支的脚步聲，——走到崖下去躲避他，躺在草上，閉了眼睛。

註一：童話中的地下國土的魔王——譯者。

太陽成了大的黃色的落日，沈下去了。

四

夜裏很遲，包迪克和那泰理亞同到發掘場來。天幕旁邊，堆了柴生着火，煮着熱湯。柴山吐着煙燄，爆着火星，明晃晃地燒着。大約就爲此罷，似乎夜就更加熱，更加暗，也更加明亮了。遠處的平野上有閃電。有將鍋掛在柴火上煮水的，有躺的，也有坐的。

「那夜的露水，是甜的，做得藥，列位，這給草，是大有好處的呀。蕨的開花，也就在這一夜。倘要到那林子裏面去，列位，可要小心纔好，因爲所有樹木，在那一夜，是都在跑來跑去的呀……眞的呢……」

大家都沈默了。

有誰站了起來，去看鍋子的情形。彎曲的影子爬着丘岡，落在山崖的對面。別一個取一塊炭火，在兩隻手掌上滾來滾去，點着煙捲的火。約一分時，非常之靜。在寂靜裏，分明地聽到蟋蟀的聲音。篝火對面的平野上有閃電。 死一般的那光，鮮明地出現，于是消失了。 從平野上吹來了微風，那吹送的不是暑熱，是涼意，——于是，雷雨正在從平野逐漸近來，是明明白白了。

『我呢，列位，是不情願將這地方來掘一通的。 這地方，烏佛克這地方，是古怪的處所呀，什麼時候總有苦蓬的氣味的。 司提班‧諦摩菲也微支(一)的時代，這里的這頂上，有過一座塔。 那塔裏，是關着波斯國的公主的，但那波斯國的公主，可是少有的美人呵，那是，列位，變了烏老鴉，成了狠一般的惡煞，在平野上飛來飛去，給百姓喫苦，帶了各色各樣的禍祟來的。 這是先前的話了……　聽到了這事的司提班‧諦摩菲也微支，便來到塔旁邊，從窗子一望，公主可剛剛在睡着。 其實呢，躺着的不過是公主的身子，魂靈却沒有在那里的，但司提班竟沒有留心

註一：姓拉旬，俄國傳說中的有名的反抗虐政的俠盜，曾劫取波斯公主，後爲官軍所獲，五馬分屍而死云！——譯者。

到。因爲魂靈是，列位，化了烏老鴉，在地上飛着呵。司提班叫了道士來。從窗間灌進聖水去……這麽一來，好，要說以後的事，是無依的魂靈，在這烏佛克四近飛來飛去，原來的身子裏是囘不去了，碰着石壁，就哭起來。塔拆掉了，司提班繫在高加索山裏了，可是公主的魂靈還是無依的，哭着的……這地方，是可怕的，古怪的地方呵。娃兒們想和那標致的公主相像，常常，在半夜裏，就恰是這時刻，赤條條地跑到這里來，不過並不知道那緣故……就因爲這樣，這地方生着苦蓬，也應該生起來的呀。』

有誰來打斷了話頭…

『可是，小爹，現在是，司提班．諦摩非也微文．拉句頭領也已經不繫在那山裏了，掘一通不也可以了麽？現在是革命的時節了，人民大家的反抗時節了哩。』

『那是不錯的，年青人，』首先的漢子說。『但是，還沒有到將這地方來掘一通的那麼地步呵。要一步一步地呵，唔，年青人，一步一步地，什麼都是時節呵。革命——那確是如你所說，我們國度裏的革命，是反抗呀。時節到了呀………一步一步地呀………』

『不錯………』

一個士工站起身，到天幕這邊來了。一看見包迪克。便冷冷地說：

『弗羅理支，你在聽了麼？我們似的鄉下人的話，你怕不見得懂………我們的話，那里能懂呵。』

大家都住了口。有的學着別人，坐得端正點，吸起煙來。

『現在是好時節呵………列位，對不起。無緣無故的壞話，說不得的。老爺，再會再會。』穿着白色短褲的白髮的老人，站了起來，赤着脚，向村落那邊踉蹌走去了。人影消在昏黑裏。

電閃逐漸臨近，增多，也鮮明起來，夜竟深深地黑了下去。星星閃爍了。風飛着樹葉，涼爽地吹來。從遼遠的無際的那邊，傳來了最初的雷震。

那泰理亞坐在手推車子上，低了頭，兩手抵住車底，支着身體，篝火微微地映照她。她直到本身的角角落落，感着，嘗着強烈的歡娛，歡娛的苦惱，甜的痛楚。她知道了苦蓬的苦的悲哀——愉快的，不可測的，不尋常的，甘甜和歡喜。而粗野的包迪克的每一接觸，還被苦蓬，被生的水，燒焚了身軀。

那一夜，沒有能睡覺。

雷伴着狂雨，震吼，發光。雷雨在波斯公主的塔的遺迹的席子上，來襲那泰理亞和包迪克。那泰理亞知道了苦蓬的悲哀——波斯的公主留在烏佛克而去了的那妖魔的悲哀。

五

曙光通紅地開始炎上了。

到破曉，從市街到了軍隊。在烏佛克上面架起大礮來。

肥料

L・綏甫林娜論 作

關于列寧，起了各式各樣的謠言。有的說，原是德國人；有的說，不，原是俄國人，而受了德國人的僱用的；又說是用了密封的火車，送進了俄國；又說是特到各處來搗亂的。先前的村長什喀諾夫，最明白這人的底細。他常常從市鎮上搬來一些新鮮的風聞。昨天也是在半夜裏回來的。無論如何總熬不住了，便到什木斯忒伏的圖書館一轉，剝剝的敲着窗門。瘦削的短小的司書舍爾該•彼得洛維支嚇了一跳，離開桌子，于是跑到窗口來了。

他是一向坐着在看報的。

『誰呀？什麼事？』

什喀諾夫將黑鬍子緊緊的帖着玻璃，用尖利的聲音在雙層窗間叫喊道：

『逃掉了！用不着慌。今天夜裏是不要緊的！剛剛從鎮上逃走了！』

『阿呀，晚安。亞歷舍•伊凡奴衣支！究竟，是誰逃掉了呀？』

『列寧呵。從各家的銀行裏搜括了所有的現款，躲起來了。現在正在追捕哩。明天對你細講罷。』

『坐一坐去。亞歷舍•伊凡諾維支，就來開門了。』

『沒有這樣的工夫。家裏也在等的。明天對你細講罷。』

『帶了報紙來沒有呀？』

『帶了來了。但這是陳報紙，上面還沒有登載。我是在號外上看見的……瓰，這瘟馬，布爾塞維克的瘟馬，忒兒忒兒。』他已經在雪橇上自己說話了。『不要着忙呀！想家罷咧，想喫罷咧！名字也叫得眞對：牲口………』

但是，到第二天，就明白了昨夜的歡喜是空歡喜。在市鎭上受了騙的。一到早晨，便到來一個帶着『委任狀』的白果眼的漢子，而且用了『由「蘇那爾科謨」給「蘇兌普」的「伊司波爾科謨」』（一）那樣的難懂的話語，演起說來。列寧並沒有逃走。

在納貝斯諾夫加村，關于列寧的謠傳還要大。這村子裏，有學問的人們是很多的。那是教徒。他們稱讚從俄國到這里來的，好像到了天堂一樣。于是就叫成了納貝斯諾夫加（二）。教徒們因爲要讀聖書，這纔來認字。在和坦波夫加的交界處——這是一個叫作坦波夫斯珂・納貝斯諾夫斯珂伊的村——用一枝釘着木板的柱子爲界。那木板，是爲了識字

註一：革命後所用的略語，意卽『由人民委員會議給勞兵會的執行委員會』——譯者。

註二：天堂村之意——譯者。

的人而設的。黑底子上用白字寫道，『納貝斯諾夫加，男四百九十五名，女五百八十一口』。這板的近邊，有坦波夫加的幾乎出界了的房屋。有各色各樣的人們。納貝斯諾夫加這一面，比較的乾淨。但在坦波夫加那面，只要有教育，年紀青的脚色，却也知道列寧，而農婦和老人，則關于布爾塞維克幾乎全不明白，單知道他們想要停止戰爭。至于布爾塞維克從那里來的呢——却連想也沒有想起過。是單純的人們，洞察力不很夠的。

村長什喀諾夫，是納貝斯諾夫加的人。坦波夫加的兵士將他革掉了。現在是不知道甚麼行政，那兵士叫作梭夫倫的拜帥。在一回的村會上，他斥罵什喀諾夫道：

『這多嘴混蛋！你對于新政府，在到處放着胡說八道的謠言？』

梭夫倫並不矮小，而且條直的，但還得仰看着什喀諾夫的眼睛，用烏黑的眼光和他搗亂。什喀諾夫要高出一個頭。他也並不怯，但能摸捉人們的脾氣，輕易是不肯和獃子來吵架的：

『擺什麼公鷄撲母鷄的勢子呀？　不過是講了講從市鎮上聽來的話罷了。　不過是因為人們謊了我，我就也謊了人。　豈不是不過照了買價在出賣麼？』

農人們走了過來，將他們圍住。　有委任狀的那人喝茶去了。　集會並沒有解散。　村裏的人們，當挨家按戶去邀集的時候，是很費力的，但一旦聚集起來，却也不容易走散。　一想也不想的。

大家在發種種的質問之間，許多時光過去了。　村裏的教友理事科乞羅夫，在做什喀諾夫的幫手；

『梭夫倫•阿爾泰木諾維支，不要說這種話了。　亞歷舍•伊凡諾維支是明白人。　不過將市鎮上聽來的話，照樣報告了一下。　即使有點弄錯……』

梭夫倫並不是講得明白的脚色，一聽到科乞羅夫的靜靜的，有條有理的話，便氣得像烈火一樣，並且用震破講堂的聲音，叫了起來。 集會是往往開在學校裏的。

『同志！ 市民！ 納貝斯諾夫加的東西，都是士豪！ 唱着小曲，不要相信那些東西的話。 現在，對你們講一句話！ 作爲這集會的議長講一句話！』

他說着，忽然走向大家正在演說的桌前去。 退伍兵們就聚集在他旁邊。 漲滿着貧窮和魯鈍的山村的退伍兵的老婆和破衣服，就都跟在後面。 納貝斯諾夫加的村民，便跟着坦波夫加的商人西乞戈夫，都要向門口擁出去了。

『不要走散！ 科乞羅夫會來給梭夫倫喫一下的。』 迅速地傳遍了什喀諾夫的低語。

梭夫倫的暗紅色的捲頭髮，始終在頭上飛起，好像神光一般。 下巴鬍子也是暗紅色的，但在那下巴鬍子上，不見斤兩。 眼睛裏也沒有威嚴的地方。只有氣得發暗的白眼珠，而沒有光澤。

『同志們！納貝斯諾夫加的財主們，使我們在街頭迷了路。我們在戰場上流血的時候，他們是躲在上帝的庇蔭裏的。嘴裏却說是信仰不許去打仗。現在是，又在想要我們的血了。贊成戰爭的政府，是要我們的血的。我們的政府，是不要這個的。』

集會裏大聲囘答道：

『不錯，坐在上帝的庇蔭裏，大家在發財！』

『並且，我們這一伙，是去打了仗的！只有義勇隊不肯去。』

『我們是不怕下牢監，沒有去打仗的！』

『契勃羅烏訶夫剛剛從牢監裏囘來了哩……』

『講要緊事，這樣的事是誰都知道的！』

『契勃羅烏訶夫是爲了他們的事，在下牢監的！然而我們這些人，是失了手，失了脚的呀！這是怎麼一囘事？這是怎的。名譽在那里？』

『你們也不要到這樣的地方去就好了！』

『啐！ 大肚子裝得飽飽的。 一味爭田奪地！ 豈但夠養家眷呢，還養些下牢監的……』

『什麼話！ 打這些小子們！ 畜生！』

『住口！ 議長！』

『言論自由呀……』

『梭夫倫，演說罷！』

『什麼演說！ 這樣的事，誰都知道的！』

『無產者出頭了！ 便是你們，只要上勁的做工……』

騷擾厲害起來了。 聲音粗暴起來了。

梭夫倫挺出了胸脯，大叫道：

『同志們！ 後來再算賬。 這樣子，連聽也聽不見！ 讓我順次講下去。』

什喀諾夫也鎮靜了他的一伙：

『住口！ 住口！ 讓科乞羅夫來扼死這小子。』

大家都靜默了。 在激昂了的深沈的不平漸漸鎮定下去的時候，便開始搖曳出梭夫倫那明瞭的，濃厚的聲音來：

『同志們！ 那邊有着被搜刮的山谷對面的村民。 那些人們，現在是我們的同志。 我們呢，就是你們的同志！ 但是納貝斯諾夫加的農民是財主。 無論誰的田地，他們都不管。 他們全不過是想將我們再送到塹壕去。 他們要達達納爾斯！ 他們是這樣的東西！ 他們用了上帝的名，給我們喫苦。 用了聖書的句子，給我們喫苦。 他們是，還是稱道上帝，于自己們便當一些。 富翁是容易上天堂的。 先在這地上養得肥肥胖胖，于是纔死掉……』

什喀諾夫忍不住了。 有人在羣集裏發了尖聲大叫着。

『不要冤枉聖書罷！　聖書上不是寫着窮人能上天堂麼……』

梭夫倫搖一搖毛髮蓬鬆的頭，于是烈火似的燒起來了。　他用了更加響亮，更加粗暴的聲音，像要劈開大家的腦殼一般，向羣衆大叫道：

『聖書上有胡說的。　富翁是中上帝的意的。　有錢的農民很灑脫，對人客客氣氣。　但是，卽使對手在自己面前脫了帽，不是這邊也不能狗似的搖尾巴麼？　在窮人，什麼都是重擔子。　所以在窮人，無論什麼時候就總懷着壞心思。　這是當然的！　富翁和貴族們拉着手，什麼都學到了。　可是窮人呢，連祈禱的句子，也弄成了壞話的句子。　弄得亂七八糟。　聖書上寫道，勿偷。　但因爲沒有東西喫，去偸是當然的。　聖書上寫道，勿殺。　但去殺是當然的。』

納貝斯諾夫加的人們嘮叨起來了：

『這好極了！　那麼，就是教去偸，去殺了呀！』

『這眞是新教訓哩！』

「聽那說話，就知道這人的……」

「就是這麼一回事，這就是布爾塞維克呵！」

「原來，他們的頭領就坐過牢的！」

山村的村民又是山村的村民，在吼着自己們的口吻：

「媽媽的！　扼殺他！」

「殺了誰呀？　我們這些人殺了誰呀？」

「當然的！　打那些畜生們！」

老婆子米忒羅法夫娜覺得這是議論移到信仰上去了，便在山村的羣衆裏發出要破一般的聲音道：

「正教的教堂裏有聖餐，可是他們有什麼呢？」　但言語消在騷擾裏面了。　手動起來了，叫起來了，發出嘘嘘的聲音，滿是各種的語聲了。所有一切，都合流在硬要起來的呻喚聲的野蠻的音樂裏了。

開初，梭夫倫是用拳頭敲着桌子的，但後來就提起了椅子，于是用椅子背敲起桌子來。聽衆一靜下去，就透出了名叫萊捷庚這人的尖銳的叫喊：

『是我們的政府呵！這就夠了。他們已經用不着了……』

于是又是羣衆的呻吟和叫喚。不慣于說話，除了粗野的咆哮和騷擾之外，一無所知的羣衆。誰也不站在自己的位置上。大家互相作勢，搖着拳頭威嚇，互相衝撞，推排。快要打起來了。

科乞羅夫推開羣衆，闖到桌子那面去了。他用那強有力的手，架開了誰的沈重的拳頭，從梭夫倫那里挖取了椅子，仍舊用這敲起桌子來。納貝斯諾夫加的人們靜下去了。梭夫倫也鎮靜了自己的一伙。靜下去的喊聲，在耳朵裏嗡嗡的響。於是科乞羅夫的柔和的，懇切的，愉快的低音，便湧出來了：

『兄弟們！野獸裏是剩着憎惡的，但在人類，所需要的却是平和和博愛。』

在那柔和的聲音裏，含着牧師所必具的信念和威嚴。這使羣衆平靜了。但萊捷庚却唾了一口，用惡罵來囘答他。別的人們都沒有響。

『憤怒的人的眼睛，是看不見東西的。耳朶，是聽不見東西的。爲什麼會這樣的呢？爲什麼兄弟梭夫倫，會將自己送給了憎惡的呢？我們是，不幸爲了我們的信仰，受着舊政府的重罰。因爲要救這信仰，所以將這信仰，從俄國搬到這里來了的。是和家眷一起，徒步走到寒冷的異地來了的。爲要永久占有計，便買下了田地。然而怎樣。兄弟們，你們沒有知道這一囘事麽？全村統統是買了的！然而，我們的田地，是用血洗過的。是呵，是呵！舊政府捉我們去做苦工的時候，你們曾經憐憫過我們。便是我們裏面，凡有熱心于同胞之愛的人，也沒有去打仗。但是，這樣的人，自然是不會很多的。我們——做着福音教師的我們，實在也去打仗。我的兒子，就在當兵。我們是，和你們一起，都在背着重擔的……』

科乞羅夫是說了眞話的。在那恰如塗了神聖的膏油一般的聲音裏，含着親密，經過了會場的角角落落，使聽衆的心柔和了。羣衆寂然無聲，都擠了上去。只有梭夫倫擠出了鴨子一般的聲音。還有萊捷庚，用了病的叫喊來抗議：

『聖書匠！生吞聖書的！』

大家向他喝着住口，他便不響了。

科乞羅夫彷彿勸諭似的，坦坦然的在演說，恰如將鎭靜劑去送給病人一樣：

『對于布爾塞維克的教說，我們是並沒有反對的。正如聖書上寫着勿殺那樣，我們不願意戰爭。我們應該遵照聖書，將窮人拉起來。然而，人的教說，不是上帝的教說。人的教說，是常常帶着我們的罪障的，帶着奪取和給與——屈辱和邪念的。爲什麽奪我們的田地的呢？我們並不是算作贈品，白得了田地的。這樣的事情；總得在平和裏，在平靜裏，再來商量纔好。正因爲我對于布爾塞維克的教說有着興味，所以在市鎮上往來。于是就知道了那主要的先生，乃是凱爾拉•馬爾克棱夫(一)。原來，他並非俄國人，是用外國的文字，寫了自己的教說的。這可就想看凱爾拉•馬爾克棱夫眞眞寫了的原本了。俄國的人們，他是可以很容易的勸轉的。怎樣拿過來，我們就照樣的一口吞下去。我們的習慣，是無所謂選擇。俄國人是關于教育，關于外國語，都還沒有到家。即使毫不疑心，接受外國的東西罷，但列寧添上了些什麼，又怎麼會知道呢？應該明白外國話，將凱爾拉•馬爾克棱夫的教說和俄國的教說，來比較一下子看看的。那時候，這纔可以「世界的普羅列泰利亞呀，團結起來」了！凡是政治那樣的事情，總該有一個可做基礎的東西。要明白事理，就要時間，要正人君子，要寂靜與平和。只有這樣子的運用起來，這纔能上新軌道。」

註一：Karla Marksov，即改成俄語式的Karl Marx（馬克斯）——譯者。

當這時候，響起了好像給非常的苦痛所擠出來的萊捷庚的叫一般的聲音：

『在巧妙的煽惑哩！這蠢才的聖書匠，同志們，是在想將你們的眼睛領到不知道那里去呵！』

他突然打斷了科乞羅夫的演說。沒有豫防到，那演說便一下子中止了。

梭夫倫用了忿激的，切實的聲音，威壓似的叫道：

『夠了！眞會迷人！我們是不會玩這樣的玩藝兒的。同志們，他是咬住着田地的呵！不要一想情願罷！』

又起了各種聲音的叫喊：

『是的！一點不錯！騙子！住口！』

『媽媽的！忘了聖書了！』

『給遏非謨・科乞羅夫發言罷！』

『話是很不錯的！』

『後項窩上給他幾下罷，他忘掉了說明的方法了！』

『梭夫倫，你說去！　替我們講話，是你的本分呵。』

但萊捷庚跑上演壇去了。　忿激的黑眼睛的視線，發着焮衝，顴骨上有分明的斑點的，瘦而且長的他，用拳頭敲着陷下的胸膛，發出吹哨一般的聲音，沙聲說道：

『我這里有九口人！　我的孩子雖然小，然而是用自己的牙齒弄平了地面的。　可是，那地面在那里呀？　我的田地在那里呀？　喂，在那里呢？　我的兄弟，在戰爭上給打死了。　可是，兄弟的一家裏，那里有田地？　這兄弟叫安特來，大家都知道，是賣身給了教會了的。　科乞羅夫給了他喫的麼？　給了他田地麼？　這些事，不是一點也沒有麼？　兄弟是死掉了。　科乞羅夫領了那兒子去。　安分守己的在做裁縫。　給那個科乞羅夫，是雖在他間逛着的時候，也還是給他賺了不知道多少錢的。

他却還在迷人！如果我有運道！……』

他喊完了，咳了一下，吐一大口血痰在一隻手裏，揮一揮手，于是費力似的從演壇走下去了。

梭夫倫趕緊接着他站上去。他的臉顯着蒼白，眼睛黑黑的在發光。那眼光這纔顯出威勢來。

『同志們！不能永是說話的！我們不是聖書匠，好，就這麼辦罷，全村都進布爾塞維克黨。另外沒有別的事了！喂，米忒羅哈，登記起來！』

羣衆動搖起來了，于是跳起來了，大家叫起來了。

『這是命令呵！』

『再打上些印子去！反對基督的人們，總是帶着印記的。』

『該隱也這樣的！』(一)

『登記，登記！』

梭夫倫發出很大的聲音，想使大家不開口：

『全村都到我們這一面來！　他們是在想騙我們的！　喂，窮的山村的人們，來罷！　沒有登記的人，是不給田地的呵！』

『一點不錯！　就像在野地上拔掉惡草一樣，不要小市民的，不願意和小市民在一起的！』

『喂，不是這一面的，都滾出去！』

『米忒羅哈，登記起來！』

十七歲的，笑嘻嘻的，白眉毛的米忒羅哈。便手按着嘴，走向演壇那面去。他的面前立刻擺上了灰色的紙張。

但那司書叫了起來：

『同志，市民！　請給我發言。』

註一：亞當之子，殺其弟亞伯，上帝因加印記，俾免爲世人所殺，見『創世記』的第四章——譯者。

當狂風暴雨一般的會議的進行之間，他一向就在窗邊，站在人堆裏。那地方有幾個女教員，牧師和他在。他們在先就互相耳語着什麼事，所以沒有被捲進這混亂裏面去。講堂的深處還在嚷嚷，但演壇的周圍却沉默了。

『市民，這麼辦，是不行的！這麼辦，是進不了政黨的！』

梭夫倫一把抓住了司書的狹狹的肩頭：

『你不登記麼？如果不贊成的，說不贊成就是！』

司書的頭縮在兩肩的中間，因此顯得更小了，但明白的回答道：

『不！你們不是連自己也還沒有明白要到那一面去麼！』

『哦。好罷。說我們不明白？你們的明白人，我們用不着。那麼，到財主那一面去罷！』

梭夫倫忽然伸手，從後面抓住他的領頭，于是提起脚來，在人堆裏將他踢開去。司書的頭撞在一個高大的老人的懷中，總算沒有跌倒。他將羞憤得牽歪了的蒼白的臉，扭向梭夫倫這邊，孩子似的叫喊道：

『這兒漢！　豈有此理！』

山村的人們撲向他去；但納貝斯諾夫加的一伙却成了堅固的壁壘，庇護着他。梭夫倫格外提高了聲音，想將這制止：

『記着罷！　快來登記！　不來登記的人們，我們記着的！　喂，誰是我們這一面的？』

納貝斯諾夫加的人們吵嚷了起來。　但米忒羅哈已經登記了。

『保惠爾•克魯覺努意夫的一家登記了哩……』

桌邊密集着登記的希望者。　科乞羅夫擺一擺手，向門口走去了，納貝斯諾夫加的人們幾乎全跟在他後面，走了出去。　剩下的只有五個人。

演壇的周圍發生了大熱鬧：

『梭夫倫，梭夫倫，女的另外登記麼？　還是一起呢？』

『女的是另外一篇賬。　但現在是女人也有權利了哩！　孩子不要登記！』

『什麼？ 那麼，孩子就不給地面？ ——兵士的老婆烏略那，闖向梭夫倫那邊去，說。 ——女人有了怎樣的權利了呀？——

人堆裏起了笑聲。 米式羅哈用了響亮的聲音，在演壇上叫喊道：

『是睡在漢子上面的權利呵！ 喂，登記罷，登記罷！』

頭髮亂得像反毛麻雀一般的矮小的阿爾泰蒙。培吉諾夫將兵士的老婆推開，說：

『登記了，就不要說廢話！』

『不是說要算賬麼！』

有了元氣的梭夫倫，好像驟然大了起來，又復高高興興的閃着眼睛了；並且將身子向四面扭過去，在給人們說明：

『雖說女人是母牛，但其實，也是一樣的人。 所以現在也採取女人的發言了……』

兩小時之後，梭夫倫便在自己的寓裏，將名册交給了從市鎮來的一個演說家。

『這里有一百五十八個人入了黨。請將名册交給布爾塞維克去。幷且送文件到這里來，證明我們是布爾塞維克黨。』

歡喜之餘，那人連眼白也快要發閃了。

『怎麼會這樣順手的呢？出色得很！來得正好。多謝，同志！一定去說到！不久還要來的。同志，你是在戰線上服務的麽？』

梭夫倫很高興，便講起關于自己的軍隊生活來，講了負傷，歸休，在軍隊裏知道了布爾塞維克時候的事情等等。他還想永遠孑孑細細的講下去。但因爲那演說家忙着就要出去，梭夫倫便也走出外面了。脚底下是索索作響的雪，好像在詰難這騷擾的地上似的，冰冷的，遼遠的，沈默的天，還未入睡的街道的談話聲，斷斷續續的俗謠，這些東西，都混成一起，來攪亂了梭夫倫的心，並且煽起了勝利和駭怕的新的感情了，恰如帶了一小隊去打過仗似的。

這時候，阿爾泰蒙•培吉諾夫受了梭夫倫的命令，坐着馬車到圖書館，叫起司書來，對他說道：

『快收拾行李罷！就要押上市鎮去了。』

『什麼，上市鎮去？為什麼？』

『村會的命令呀。你這樣的東西，我們用不着。快快收拾罷。』

『我不高興去。這太沒道理了！』

『不去，就要去叫起梭夫倫來哩。這是命令呵。』

司書唾了一口唾沫，嘮叨着，一面就動手綑行李。他的臉氣得熱了起來。梭夫倫這醉鬼先前只是村裏的一個討人厭的脚色！肯睬理他的，只有一個司書。因為看得他喜歡讀書，對于這一點，加以尊重了的，不料這回成了隊長，從戰線上一回來，便變成完全兩樣的，說不明白的，壞脾氣的東西了！被先前從未沾脣的酒醉得一榻胡塗了，是的，是的！恐怕，實在，俄國是完結了………

他最末一次走進圖書館去，看有無忘却的東西的時候，好像忽然記得起來似的，便說道：

『鑰匙交給誰呢？』

『梭夫倫說過，送到他那里去。』

『唔，就是。交給他的！那麼，走罷。』

這之間，梭夫倫已經到了圖書館的左近，站在由村裏僱來的馬車的旁邊了。司書一走近他去，他便伸出一隻揑着拳頭的手來。

『哪！』

『這是什麼？唔？』

『三盧布票！是我給你的。因爲你常常照顧我。從來不使人丟臉。哪，收起來，到了市鎭，會有什麼用處的。』

司書將梭夫倫的倒生的紅眉底下的含羞似的發閃的眼色，柔和的，豐腴的微笑，和這三盧布票子一同收受了。他感于梭夫倫的和善的樣子，就發不起那拒絕這好意的心思來。

一天一天的，生活將剩在他裏面的過去的遺物，好像算盤珠一樣，撥到付出的那一面去了。而且帶來了有着難以捕捉的合律性的春和冬的交代，毫不迷路，毫不誤期，決定着在人生道上的逐日的他那恐怖和不安，悲哀和歡樂。而且那生氣愈加和生存的根柢相接近，則這樣的交代的規則，于他也愈加成爲不會動搖的東西了。

都會是將生命的液汁趕到頭上，擴大人們的智慧，使人們沒有顧忌，而增強了那創造力的，但從這樣的都會跨出一步去，就沒有那命令道『不可太早。也不可太遲，現在就做掉你的工作』的擺得切切實實的時間。在鄉村裏，泥土在準備懷孕，或者是已在給人果實了。挺着豐饒的肚子的，給太陽曬黑了的，茁壯的農民，在決定着應該在怎樣的時刻，來使用他的力氣。在這樣鄉村上——這地方上，是君臨着叫作『生活的規定』

這一種法則的。 而那拚命地吞嚥了農民的力氣，也還不知饜足的土地的貪婪，也實在很殘酷。 在這地方，人們的脊梁聳得像山峯一樣；血管裏流着野獸似的濃厚的血液；肚子是田地一般豐饒。 但精神却是貪婪，吝嗇的。 爲了人類的營生活，養子孫，想事物，這些一切的爲聯結那延長生活的索子起見的大肚子，而搜集地上的果實，加以貯藏的渴望所苦惱。在這地方，人類的創造力也如土地一樣，被暗的和舊的東西所挨擠，人們在地母的沈重的壓迫之下，連對于自己，也成了隨便，成了冷淡了。 所以人們就用了恰如心門永不敞開的野獸一般的狡猾，守着那門戶，以防苦痛和歡喜的滔滔的擁入。 而渴慕着關在強有力的身體裏的靈魂的那黑暗的，壯大的人們，則惟在酒裏面開拓着自己。 然而，快樂的這酒，却惟在土地儼然地喊起『喂！ 時候到了，創造罷！』 來的時候，這纔成爲像個酒樣子的東西。

土地對于印透那卓那羅夫加（一）和坦波夫斯珂・納貝斯諾夫斯加的農

民們，也命令他們準備割草了。人們就喧鬧了起來，蠢動了起來，都從那決不想到一家的團圞之樂，而僅僅爲了過野獸似的冬眠而設的房屋裏，跳到道路上。穿着平時的短褲和短衫的農民們，但是，節日似的，成了活潑的興致勃勃的羣衆，集合在納貝斯諾夫加村的很大的組合的鐵廠那里了。

太陽所蒸發的泥土的馥郁的香氣，風從野外和家裏吹來的糞便的氣息，葡萄酒一般洶湧了人們的血，快活酒一般衝擊了人們的頭。老人的低微的聲音變成旺盛，少年的高亢的聲音用了嘹亮的音響，提起了人們的心，銀似的和孩子的聲音相匯合了。今天的歡喜的酣醉裏，有了新鮮的東西，山村的人們，先前是只靠着得到一點從主人反射出來的歡喜之光，因藉此來敷衍爲什麼作工的思想的，但今年却也強者似的喧鬧起來了。太陽和歡喜，使爲鐵廠前面，裝置着他們的收割機，成着長長的隊伍。

阿爾泰蒙．培吉諾夫的臉上的皺紋像光線一般發閃，骯髒的灰色的頭髮顯出銀色來。短小的，瘦削的他，今天也因了勞動，將駝背伸直了，所以他的身子，好像見得比平日長一些了。他彷彿勤懇的主人一樣，叫道：

『梭夫倫，梭夫倫，在這里，阿爾泰木奴衣支，鐵廠有幾家呀？』

『十家。』

『機器這就夠麽？』——他用了山村的方言，像猛烈的雷鳴一樣：

『這就夠麽？』

烏黑的蓬鬆的頭縮在肩膀裏，萊捷庚將鋒稜的筋肉和瘦削的頰窩仰向了太陽，彷彿是在請求溫熱。歡喜之光，使他蘇甦了；並且沒有像平時那樣喫力，便發出沙聲來：

『薩伏式加……那人是我們的一伙。做了事去。叫那人當監督罷。這樣子，就大家來做鐵匠……』

教友格萊皤夫——今天是太陽沒有從他臉上趕走了陰暗——憂鬱地回

註一：國際村之意——譯者。

答道：

『做鐵匠！……　運用機器，是要熟練的。培吉諾夫和萊捷庚，倘不好好的學一通做鐵匠，是不成的呵……　要不然，無論怎樣完全的輪子，也一下子就斷的。』

棱夫倫用嘲笑來打斷了他的話：

『我們的事，用不着你擔心，不要爲了別人的疝氣來頭痛罷，如果斷了呢，即使斷了，也不過再做一個新的。如果自己不會做，也不過叫你去做就是。再上勁些，格萊皤夫，爲了那些沒有智識的農民！　吸一筒煙罷，眞有趣，暢快呵。』

他用不習慣的手，捲起煙草來了。因爲印透那卓那羅夫加的農民們，住在教友的鄰近，是不大吸煙的。

克理伏希●薩伐式加從鐵廠的門口叫喊道：

『棱夫倫，你上市鎭去拿了滿州爾加(一)來，請一請鐵廠的人們罷。

那麼，就肯好好的做了！ 這些狗子們在作對，吠着哩。 我們會將自己的事情做得停停當當的，你們也趕緊做。 還有，說是羅婆格來加（二），你可知道爲什麼？ 就因爲會烘熱腦殼呀。 快去取來罷。 合着樂隊，趕快趕快。』

『滿州爾加是取來在這里。 那麼，準備樂隊罷，趕緊就去。 農民什麼話都聽，只要學起來，就好了。 要是打仗，可比不得音樂呀。 怎樣，什喀諾夫，亞歷舍●伊凡諾維支，今天不是老實得很麼，村子裏都在高興，他却一聲不響，瘟掉了麼？』

『哈哈哈哈！』

『呵呵呵…………』

『瘟掉了哩！ 那麼竭力藏下了機器，這回却給梭夫倫來用了。』

註一：極便宜的利害的煙草之名——譯者。

註二：Lokomotive（機關車）的錯誤的發音，遂成爲俄文的『溫額』之意——譯者。

『僱罷，怎樣，兄弟，僱什喀諾夫來做事罷？　怎樣？』

什喀諾夫吐一口唾沫，帶黃的眼白發閃了，但是鎮靜地囘答道；

『要是沒有我們，不是什麼地方也弄不到機器麼？　我們是並不想躲開工作的。　怎樣，梭夫倫，可肯將我們編進康謨那(一)去呢？』

『先前好不威風，這囘可不行了。』

萊捷庚喊了起來：

『康謨那的小子們總說機器機器。　有誰去取呢，却單是趕掉。』

『還是沒有他們好。　枯草就叫他們買我們這邊的。』

『不要給加入呀。』

『不給加入怎麼樣呢？　給加入罷。　他們有馬呢。』

梭夫倫遇到爭論了：

『叫他們像我們一樣的來做罷。　給加入。　要緊的是馬。』

『一點不錯…………』

阿爾泰蒙•培吉諾夫質問道；

『枯草怎麼辦呢，照人數來分麼？　照人數？』

『唔，到學校去，加入康謨那去罷！』

『連夢裏也沒有見過的事，可成了眞的哩，康謨那！唔，唔！……且慢，怎麼一回事，這就會知道的。』

人們擁到學校方面去了。　鐵廠裏開始了激烈的工作的音樂。　萊捷庚留在機器的旁邊，因爲覺得會被拿走，非用靠得住的眼睛來管不可的。村子裏滾着各種人的亢奮了的聲音。　屋子裏是農婦們用了尖利的聲音，在互相吆吆喝喝：

『康謨那裏，放進那樣的東西去，還不如放進我這里的猪玀去，倒好得多哩！　還是猪玀會做事呀。　我去笑去。　你……』

『笑去麼！　好，走罷。　你可知道，聽說凱賽典加•馬理加也有了

註一。共產農地——譯者。

姘頭了哩。四五年前，是沒有一個肯來做對手的。到底也找着對手了。」

鐵廠後門的草地上，孩子們在喧鬧：

「什喀諾夫那里的機器，成了我們的了！」

「倒說得好聽！你們的。那麼，我們的呢？」

「也就是你們的呀！」

「但什喀諾夫的呢？」

「「起來罷，帶着咒詛……用自己的手」……」

「唉唉，你這死在霍亂病裏的！七年總說着這句話。囘家去罷，趁沒有打。這不可以隨便胡說的。」

「伯母，你不要這麼吼呀！」

先前的時代，是早已過去了。

瀰漫着焦急的，暖熱的，郊野的香氣的一日，是很快樂的。一天早上，康謨那的代表者要劃分草地去了。　村裏的男男女女，便成了喧嚷的熱鬧的羣集，來送他們。

拿着木尺，騎在馬上的人們，排成了一列。

『喂，技師們，好好的量呵。』

『不要擔心罷。　這尺是舊的呢。』

走在前面的騎者揚起叫聲來，後面的人們便給這以應和。　這是自願去做康謨那的代表的農民和孩子們，是爲了曠野的雄勁的歡喜，和農民一同請求前去的志願者。　栗殼色毛和棕黃色毛的馬展開了駿足，于是成爲熱鬧的一隊，向曠野跑去了。

滿生着各種野草的曠野正顯得明媚。　雪白的花茅在鞠躬。　白的，紅的，淡黃的無數眼睛——花朵，在流盼，在顯示自己的饒富。　禽鳥的歌囀，蟋蟀的嘯吟，甲蟲的鼓翼，在大氣裏，都響滿着曠野的聲音。　曠野是雖在冬季，也並沒有死掉了的。　于是一切東西，便都甘甜地散着氣息。花草無不芬芳，連俄羅斯的蒼穹，也好像由太陽發着香氣。風運來了煙靄。苦草的那苦蓬，也都已開花，送着甜香，鋒利地，至于令人覺得痛楚地。曠野全都爽朗，只要一呼，彷彿就會答應似的。呵，呵，呵，呵，唉，唉，唉，唉，遠處的微微的轟響………哦，曠野傳着人聲。哦，野獸呀，禽鳥呀，甲蟲呀，來聽人聲罷！唉，唉，唉……爲了叫喊，胸膛就自然擴大起來了。

大家都跳下馬。拿了木尺，踏踏的走上去。

『慢慢的，慢慢的罷！………爲什麼這樣踏踏的儘走的呀？慢慢的！………』

『「踏踏的儘走」麼！有這樣的脚，就用這脚在走罷咧！』

『唔，唔，唔！不，兄弟，朦混的時代，是早已過去了。要從這里開手的。』

于是曠野反響道，『唉，唉，唉………』孩子們放輕了脚步，從這一草叢到那一草叢裏，在搜尋着鵪鶉。凡尼加・梭夫羅諾夫在草莽裏，將所有的學問都失掉了；他跳過了盤旋舞之後，又用湧出一般的聲音唱起歌來：

這個這鵪鶉，
這鵪鶉，
鵪呀呀鶉！………

『阿爾泰蒙伯伯，捉到鵪鶉沒有呀？』

阿爾泰蒙正在想顯顯本領；他向草叢裏看來看去，忽然捉住了………沒有鵪鶉，却捉了一條蛇。他拚命的一揮手，拋掉了。

『阿呀！討厭的畜生！跑出了這樣的東西來！』

格萊皤夫噴出似的笑了起來；他在曠野上，也成了開闊的快活的心情了。

『這樣子，阿爾泰蒙，能量別人的田地的麼？捉不到鳥，倒捉了蛇！」

凡尼加擺出吵架模樣，替阿爾泰蒙向格萊皤夫大叱道：

『放屁，蛇就還給你們。隨便你用什麼，你們不正是蛇的親戚麼？』

格萊皤夫提高了喉嚨，沈痛地，也頗利害地回罵了，但不過如此，並沒有很說壞話。在整一天裏，草原幾乎被農民的痛烈的言語震聾了。倘若單是講些知道的事情，懂得的事情，那在他們也自有其十分鮮明的言語的。他們的言語，是充滿着形容，恰如曠野的充滿着花卉一樣。

仍像往常那樣，一過彼得節，便開始去收割。今年沒有照舊例，早一星期，就到野外去了。老人們都吆喝道：

『這是破了老例的呀！立規則未必只為了裝面子，況且地不是還沒有乾麼？』

『不要緊的，有血氣旺盛的我們跟着呢。就叫牠乾起來！』

最先，是機器開出去了。接着這，那載着女人，孩子，桶，衣服，鍋子，碗盞的車子也開出去了。大家一到野外，曠野便以各種的聲音喧嚷起來。曠野的這里那里，就有包着紅和黃的，白和紅的，各樣顏色的手巾的女人的頭，出沒起來了。

阿爾泰蒙的康謨那，是從叢林的處所開頭的。那叢林，是茂密的小小的叢林，在曠野的遠方，恰如擺在食桌上面的小小的花束一樣。大家的車子到了那處所，一看，那是爽朗的綠蔭之下，湧着冷冷的淸水的可愛的叢林。

主婦們便在聚集處勤勉地開始了工作。孩子們哭了起來。男人們使機器在草地上活動。山村的台明●可羅梭夫坐着機關車出去了；他的樣子，好像孩子時候，初坐火車那時似的，戰戰兢兢的頗高興。

于是在聚集處，就只剩了留着羹粥的達利亞●梭夫羅諾伐一個人。曠野上面，凡是望得見的很遠很遠的處所，無不在動彈。凡尼加●梭夫羅諸夫在計算。

『我們的康謨那是八家，男人加上孩子一共十三個，女人十七個。班台萊夫的康謨那是十家……唔，野外的人手儘夠了………』

『凡尼加！凡尼！站着幹什麼，來呀！』

『來……囉！』

『怎樣！班台萊，你來得及麽？』

『來得及的！………總之，平鋪的集在一塊罷………』

兵士的老婆阿克西涅用了透胸而出一般的聲音叫喊道：

『嗱，草葉鑽進頭巾裏去了。』

汗溼的小衫粘住了身體。血氣將臉面染得通紅。鼻孔吸乏了草的馥郁的死氣息。

肩膀漸漸的沈重，發脹了。但無論那一個康謨那，都沒有宣言休息，因爲個個拉着自己的重負，誰也想不弱于別人。終于阿爾泰蒙用了大聲，問自己的一伙可要休息了。別的野地上，機器也開始了沈默。

『媽媽，趕快呀。喫東西去罷！』

『好，去罷！已經叫了三遍了！』

喝了！倘不首先喝些涼水，添上元氣啊。涼氣是使嘴唇爽快的。用清水洗一通臉，拍拍地潑着水珠，喝過涼水，高興着自己的舒服，于是一面打着呃逆，一面也如作工一樣，快捷地從公共的鍋子裏喫着達利亞所煮的雜碎，喝着鄉下的酸湯。

午膳以後的曠野，是寂靜的。康謨那上，大家都在躺着睡午覺。睡得很熟，不怕那要曬開頭一般的暑熱的太陽光。因爲是身體要睡的時候，去睡的覺，所以就沒有害怕的東西了。然而從草莽中，聽到男子的大鼾聲和女人的小鼾聲也只是暫時的事。康謨那起來了。于是騷音和瑟索聲和勞動的喧囂又開始了。格萊皤夫穿了舊的工作服，和大家的勞動合着調子，輕快地在做事。事務臨頭的時候，他就忘却了野外的主子，並不止自己一個人。 到夜裏，這纔想起來了。 于是雖然做工已經做得很疲勞，也還總是睡不着。 他翻一個身，就呻吟一通了好幾回。從叢林裏，漏出些姑娘們的笑語聲，手風琴聲，青年們的雄壯的歌聲來。 知趣的夜的帷幕一垂到地面上，青年們便從聚集處跑到遠遠的處所去了。 于是許多嬉笑聲的盤旋，就搖動了夜的帷幕。 叢莽裏面，好幾對青年的男女，在互相熱烈地擁抱，互相生痛地接吻，並且互相愛戀。但黎明的涼氣一蕩漾，從聚集處驅逐了睡眠的困倦，老的起來了，年青的却也並不遲延。

都去作工去了，並且給那爲高談和曲子的沈醉所温暖了的過去之夜祝福。 在康謨那上，當勞動之際，是不很有吵架的。

有一回，梭夫倫鬧了一個大岔子。 他坐在枯草上，于是機關車破掉了。

『喂，兒郎們，到鐵廠去呀！』

『你多麼識趣呀，康謨那是點人數分配的呢。』

『但是，沒有機器的我們，康謨那又怎麼辦呢？』

『用鉤刀來割就是了！』

『如果能「用鉤刀」來割的話，割起來試試罷。』不高興了，但也就覺得了薩伏式加的話並不錯。

執行委員會也就有了命令，許打鐵的人們免去割草，但仍將枯草按人數分給他們。新的機會，每天教育着人們，逐漸決定了秩序。而梭夫倫和他的交情，也日見其確實了。

有時也覺得節日的有趣，然而並不來舉行。大家都拒絕這事情，只在爲自己勞動。一到開手搬運枯草的時候，這就發生了糾紛。格萊皤夫用自己的馬搬運了好幾回，但阿爾泰蒙的馬却疲乏之極了。他搔着後腦，仰望了起霧的天空，歎息道：

『你在幹嗎？馬在玩把戲哩！窮人眞是到處都倒運！』

凡尼加對梭夫倫說：

『我們好容易聚集了枯草，後來也許要糟糕的哩。 天一下雨，就會腐爛，但背着來搬運却又不行。』

『並不拜託你！ 知道的，我來辦，你看着就是。』

新的命令，將財主們的遮掩着的忿懣戳穿了。 當發布了在康謨那裏，馬匹也是公有，枯草是挨次運到各家去的這命令的時候，縣裏就永是鬧了個不完。

梭夫倫走到大門的扶梯邊，說道；

『你們還想照老樣子麼？ 你們要自己一點不動，大家來給你們做工麼？ 不，那樣的時代，已經過去了。 鞭子是在我們的手裏了！』

他于是將臉向着那從別處到來了紅軍的方面動了一下。 馬匹交出來了。 只有坦波夫加的豪農班克拉陀夫，壞了兩匹馬，是生了病了。 兵士的老婆阿克西涅來聲明了這事。 馬醫請來了。 並且從班克拉陀夫的家裏，沒收了枯草。別的人們也很出力。從別的野地上，運了好幾綑高山一般的枯草，到自己的康謨那這邊來。但是，頂年青的人們做事做得最好。在監視那些幹壞事的脚色。給太陽曬黑了的凡尼加和梭夫倫，則在自己的康謨那上監督着搬運的次序。

『喂，喂，格萊皤夫，不要模胡呀，這回是輪到這邊了。拉到那里去呀？』

『你不說也知道的。這混蛋！』

『現在是要想一想的了，帶點貪心，就都要給革命裁判所捉去的。撈得太多的小子，就要拉去的呵。』

『這畜生，當心罷。這就要喫苦的！近來竟非常狡猾，膽子也大起來了。』

『膽子怎能不大呢。不是成了俄羅斯聯邦社會主義共和國了麼？懂了罷！』

格萊皤夫眞想拿出拳頭來了，但不過啞的吐了一口唾沫完事。　然而在心裏是很憤激的。　年靑的人們，有鋒利的言語。　在他們那甘美的俄國話裏，外國話就恰如胡椒一般的東西。

從早到晚，載滿了枯草的車子總在軋軋的走動。　馬匹擺着頭，放開合適的脚步，將車子拉向山村的各家去。　多年渴望着草堆的堆草場，這囘是塞得滿滿的了。　財主們並不歡迎那枯草，只將對于割草的新怨恨，掛在自己的心頭。　但萊捷庚的老婆却很高興，摩着牛，說道：

『今天辛苦了，牛兒，不要動罷，不要動罷，多給你草兒喫……』

萊捷庚是在割草的中途，便躺在牀上，弱透了的。　對于康謨那，不很能做什麼事。　雖是暑熱的夏天，在野外也發抖，而且想要溫暖。　但他一家應得的枯草，却也算在計算裏面了。　阿爾泰蒙●培吉諾夫有一次來看他，凝視了一通，于是沈思着，說道：

『精神很好，也許不會死的。　如果要死，還是到了春天死。　很不願意死罷。 可是也很難料的，會怎麼樣呢。』

老婆已經痛哭過兩回了，後來就談到最後的家計：

『你把皮包忘在市鎮上了，教安敦式加取去罷。 因爲孩子也用得着的。』

然而萊捷庚並不像要死，雖然發着沙聲，却在將死亡趕開去。 有一囘，凡尼加帶了先前的司書亞歷舍•彼得洛維支來了。 他現在在食糧委員會裏辦事，是和巡視人員一同來調查的。 亞歷舍•彼得洛維支很同情于萊捷庚，但是忍不住了，便說：

『不是這樣喫苦，也沒有人來醫治一下麼！ 爲什麼殺掉醫生的呢？時勢眞是胡鬧。 簡眞是野蠻的行爲呀。』

萊捷庚只動着眼睛，發出沙聲說：

『但願一下子弄死我就好……』

于是凡尼加用了直捷的孩子似的聲音，說道：

『說是胡鬧的人也有，說是正義的人也有。要是照先前那樣，恐怕還要糟罷。沒有智識——沒有智識是不好的。』

亞歷舍•彼得洛維支目不轉睛的對他看，于是沈默了。

傍晚，凡尼加在家裏，突然對父親說：

『冬天，市鎮上有人到這里來，可還記得麼？那人說的眞好，說是倘不去掉鄉村，是不行的，鄉村倘不變成有機器的市鎮，是不行的。說是如果割草，全村大家都用一種叫作什麼的機器的。』

梭夫倫黨康諛那的運進枯草的事，給全村添上了力量。納貝斯諾夫加的兩個豪農叫作貝列古陀夫•安敦和羅忒細辛•保惠爾的，提出請願書來了。——

『印透那卓那羅伏村，舊名坦波夫斯珂•納貝斯諾夫加村布爾塞維克黨公鑒

同縣印透那卓那羅伏村公民

安敦・貝列古陀夫
保惠爾・羅忒細辛

請願書

民等，卽署名于左之安敦・蜜哈羅夫・貝列古陀夫及保惠爾・馬克西摩夫・羅忒細辛等，謹呈報先曾置有田地，安敦・貝列古陀夫計百五十兌削庚(一)，保惠爾・羅忒細辛計百五十兌削庚。 但民等深悉布爾塞維克黨之所為，最為正當，故敢請求加入，願于反對舊帝制一端，與貧農取同一之道，共同進行。 謹呈。

安敦・貝列古陀夫
保惠爾・羅忒細辛』

梭夫倫在會場上報告了這件事。 集會决定了允許他們入黨，並且因

註一：一兌削庚約中國三千五百尺——譯者。

爲兩人是豪農，所以仍須徵取田地的租錢。安敦•貝列古陀夫還應該將小麥二百普特(一)，保惠爾•羅忒細辛是一百普特，納給印透那卓那羅伏村的布爾塞維克黨。兩人允諾了這事，一星期後，便將那小麥交付了。

縣裏的騷擾，好容易靜下去了。納貝斯諾夫加的人們，知道了哥薩克人又在用祕密的方法，準備着襲擊布爾塞維克。便將這事通知了坦波夫加的財主們。格萊皤夫就到哥薩克村的市上去了。

因爲伊理亞節日，全村都醉得熟睡着。十個武裝了的人們，在昏黑的夜半，嚴緊地圍住了梭夫倫的屋子。梭夫倫竟偶然正在屋外面。聽到了索索的聲音。

『在那邊的是誰呀？』

但不及叫喊，嘴裏就被塞上了麻桃，綑了起來。只有女人們大聲嚷鬧。然而坦波夫加和納貝斯諾夫加的豪農們，已經借了哥薩克的幫助，將這幾月來漸漸沒了力量的土地的守備隊解決了。布爾塞維克的首領們都遭捕縛，別人是喫了豪農們的復讎。當東方將白未白之間，被捕的人們便被拉到村外去受刑罰。醒了的白日，用和藹的早上的微風，來迎人們的擾嚷。被縛的人們的頭髮在顫動。最末的一日，是又瘦又黃的什喀諾夫來用刑的。

『怎樣，梭夫倫。阿爾泰木奴衣支，康謨那怎樣了。沒收機器麼。這是機關車的罰呵！』

他吐一口唾沫在縛着的梭夫倫的臉上，向右眼下，揮去了堅硬的拳頭。拳頭來得不準，打着了眼睛，眼白裏便滲出了鮮血。梭夫倫跳起來了，呻吟起來了。大野上響亮地反響着叫喚的聲音。什喀諾夫打倒了梭夫倫，又用那沈重的長靴，跳在他肚子上：

『毀了我的家呵，這就是罰呀！將我家弄得那麼樣子，這就是囘敬呵，收這囘敬罷！』

註一：四十磅爲一普特——譯者。

梭夫倫被用冷水灑醒了，于是又遭着毆打。大家使那些被毒打，被虐待的人們站起來，命令道：

『唱你們的國際歌來看看罷！』

二十九人之中，只有十個人，好像唱自己的輓歌一樣，胡亂唱了起來：

『起來罷，帶着咒詛…………』

但只到這里，就又被打倒了。還有些活的梭夫倫，在地上輾轉着，吼道：

『畜生！住口！…………』

安敦・貝列古陀夫在脊梁上喫了二百下。

什喀諾夫沙聲叫喊道：

『瞧罷，同你算賬，交了多少普特呀？』

保惠爾・羅忒細辛也挨了一百鞭。

半死半活的萊捷庚，被從人堆裏拖出來了。于是被用長靴踏得不成樣子。當二十九人被摔在汙穢的，怕人的洞穴裏面的時候，暑熱的太陽已經升了起來。還有些活的八個人，在死屍下面蠕動。都給泥土蓋上了。

阿爾泰蒙·培吉諾夫是到了正午，被一個赭色頭髮的哥薩克在稻叢裏發見的。哥薩克將他拖了出來。他搖一搖白頭髮，好像要搖掉上面的麥葉片似的。于是很鎮靜地問道；

『沒有饒放萊捷庚罷？』

『管你自己罷！這回是要你的命。這老壞蛋！』

『請便請便。原想為了孫子，在這世上再活幾時的，但也不必。這樣也好罷。』

他于是向着東方，劃了個誠懇的十字：

『主呵，父呵，接受布爾塞維克的阿爾泰蒙的靈魂罷。』

他被痛打了一頓。　後來便將還是活着的他，拖進快要滿了的汙穢的洞裏去。

正要掉下去時，便用了斷斷續續的聲音，阿爾泰蒙說；

『這里，流血了………　用骨頭來做肥料了………』

哥薩克用那鎗托，給了他最後的一擊。　達利亞●梭夫羅諾伐的肚子被人剖開，胎兒是拋給豬羣了。　布爾塞維克連家眷也被殺掉。　將十五個人塞在什喀諾夫的地窖中。　舊的村子的嚇人的臉，在怒目而視了……納貝斯諾夫加的豫言者伊凡●盧妥辛，總算逃了性命。　他在野外……從野外一回來，就喫了刀鞘的毆打，這就完事了。　他一面扣着褲上的鈕子，一面用了沈著的聲音說道：

『從此田地要肥哩。　因爲下了布爾塞維克的肥料呵。』

運命掩護了凡尼加●梭夫羅諾夫。　凡尼加在伊理亞節日之前，就上市鎮去了。

鐵的靜寂

N．略悉珂　作

一

掛着成了蛛網一般的紅旗的竿子，突出在工廠的煙通的烏黑的王冠裏。那是春天時候，慶祝之日，爲快樂的喊聲和歌聲所歡送，掛了起來的。這成爲小小的血塊，在蒼穹中飄揚。從平野，樹林，小小的村莊，煙靄中的小市街，都望得見。風將牠撕破了，撕得粉碎了，並且將那碎片，運到爲如死的斜坡所截斷的廣漠裏去了。

烏鴉用竿子來磨嘴。啞啞地叫，悠然俯視着豎坑。十多年來，從這里飛去了煙色的烏羣，高高地，遠遠地。

工廠的玻璃屋頂上，到處是窟窿。成着圈子，屹然不動的皮帶，從昏暗裏凝眺着天空。發動機在打磕睡。雨絲雪片，損傷了因皮帶的疾驅和擁抱而成銀色的滑車軸。支材是來支乾了的側板了。電氣起重機的有關節的手，折斷着，無力地從接合板下垂。螞蝗絆，尖脚規，革絆，螺絲轉子，像散亂的骸骨一樣，在巨靈的寶座似的鉋削機的牀上，淡白地發閃。

兜着雪花的蛛網，在旋盤的吉達裝置裏顫動。削過了的鐵條和挺子的鑿的齒痕上，停滯的痂來蒙上了薄皮。沿着燦爛的螺旋的截口，鐵舌伸出來將油舐盡，爲了紅鏽的毒，使牠縮做一團了。

從南邊的牆壁上，古色蒼然地，有銘——『至少請掛掛窗簾，氣悶』，貧寒地露着臉。牆壁還像先前一樣。外面呢，已經受了鎗彈和炸彈的傷。在這裏面，可又曾爆發了多少信仰，哀愁，苦惱，歡喜，憤怒呵！

唉唉，石頭呀！………還記得麼？………

就這樣，那全時代，在房角的萊伏里跋機和美利堅機的運轉中，一面被皮帶的呼嘯和彈鑛的啞舌和兩齒車的對咬的音響，震得耳聾，一面悄悄地翻下小册子的頁子去。他們是由了肌肉的温暖，來感覺那冰冷的車輪和槓杆的哀愁的罷？襲來的暴風雨，像農夫的播種一樣，將他們撒散在地球面上了。塵封的鉋削機的牀，好幾囘做了他們的演壇。白地上寫着金字的『萬歲』的旗，掛在支木上，正如掛在大門口似的……

二

鐵鍋製造廠的附近，鍋子當着風，在嗚嗚地呻吟。被光線所撕碎了的黑暗，向了破窗櫺的窟窿張着大口。壓搾機之間，嘶嘶地在發呼哨聲。鏽了的地板上，撒散着尖角光塊。從窗際的積雪裏，露出三脚臺，箱子，彎曲的鐵條來。手按的風箱，隱約可以看見。

在屋隅的牆壁上，在皮帶好像帶了褐色的通紅的巨浪的輪子下，斑點已經變黑了。這——是血。一個鐵匠，防寒手套給螞蝗絆鉤住了，帶了上去，掛在亘浪之上，恰像處了磔刑。　在水壓機的螺旋的銳利的截口之處，蹬着兩脚，直到發動機停住。　血和肉就紛飛到牆壁上，地板上，以及壓搾機上去。　黃昏時候，將他從鐵的十字架上放了下來。　十字架和福音書，在應急而速成的桌子上晃耀。　鍋子的空虛裏，欷歔似的抖着安息的讚歌。　于是沈沒于比戶的工廠的喧囂中了。　蠟燭在染了鐵的手裏顫動。

……白髮的米爾列基亞的聖尼古拉，從關了的鐵廠的壁上，通過了嚴寒的珠貝的藻飾，在看鐵鍋製造廠。

每年五月九日罷工以後。　鐵廠的牆壁，爲楓樹，白樺，白楊的枝條所裝飾，地板上滿鋪起開着小紅花的苜蓿來。　唱歌隊唱歌了，受過毒打的脊梁彎曲了。　從噴水帶飛迸而出的水晶的翅子，洗淨了這他們和鐵砧，鍋爐，汽鎚，風箱。

因了婦女和孩子們的聲音，微笑和新衣服，熱鬧得像佳節一樣。　鐵匠們領了妻，未婚妻，孩子們在工廠裏走。給他們看風箱和鐵砧。

祈禱一完，活潑的雜色的流，從廠門接着流向小市街去。中塗分為幾團，走過平野，漂往樹林那面，崖谷中間。而且在那里施了各各的供養。廣漠的四周，反響了嘹亮的震天的聲音：『起來呀，起來呀。』……

三

院子裏面，在雪下看見鏽了的鐵網和未曾在蒸氣之下發過抖的汽罐，黃黃地成着連山，一直排到鐵廠的入口。

發電所——熟睡了似的，孤獨的，和別處隔絕的工廠的中心——被雪所壓倒，正在發喘。號笛——曾經為了作工和爭鬥，召集人們，而且為了苦痛，發出悲鳴的聲音，已經沒有，——被人除去，不知道那里去了。

門欄拆掉了。垂木和三脚臺做了柴，堆在事務所的門口。牠們被折斷，截短，成了骨頭，在看狂舞的火燄。而且等着——自己的運命。

看守們在打磕睡。火鑪裏面，畢畢剝剝發着爆音，還聽到外面有被風所吹彎了的啞啞的烏鴉叫，事務所的凍了的窗，突出于積雪的院子中，在說昏話。這在先前，是爲了汽鎚的震動，爲了旋轉于牠上面的聲音，反響，雜音，呼嘯，無時無刻不發抖的。有時候，鐵忽然沈默了。從各工廠裏，迸散了奔流一般的語聲和叫喚，院子裏面，翩翻了滿是斑點的藍色的工作衣，變了樣子的臉，手。電鈴猛烈地響，門開開了，哥薩克兵進來了。幾中隊的兵，閃着鎗刺，走了過去。號令響朗，揮鞭有聲。從各工廠裏，密雲似的飛出鐵門，螞蝗絆，鐵片來。馬往後退了。並且驚嘶了。而一千的聲音的合唱，則將屋頂震動了。

四

工廠的正對面，露店還照舊地擺着。在那背後，排着一行矮小的屋子。工人們已經走出這里，在市街上租了房屋了。留在這里的，只是些老人，寡婦，殘廢者，和以爲與其富足，不如窮苦的人們。他們用小橇從林子裏運了柴來。設法苦苦地過活。堅忍地不將走過的農人們的對于啞一般的工廠的嘲笑，放在心中，然而看見他們彎向工廠那邊，到看守人這里，用麥和肉，去換那些露在窗口的鐵和錫的碎片，却也皺起眉來了。

青蒼的傍晚，看守們的女人用小橇將晚膳運到工廠裏。但回去時，是將從農夫換來的東西，和劈得細細的木材和垂木的碎片，載着搬走了。從她們的背後，小屋那邊就給一頓毒駡。

………夜裏，雪的表皮吸取了黃昏的淡黃的煙靄。從小小的市街和小小的人家裏，有影子悄悄地走向工廠來了。一個一個，或者成了羣，拆木柵，哨屋，遮陽，抽電線。看守人大聲叱喝，開鎗。影子變淡，不見了，然而等着。看守人走來走去。後來力氣用完了，囘到温暖的屋子去。

工廠望着撒滿金沙的天空，在呻吟，歎息。從牠這里拆了下來的骨頭，拖到街上，鏘鏘的響着。

風將雪吹進日見其大的木柵的破洞去，經過了除下的打破的玻璃，送到各個工廠裏，這便成了鐵的俘虜，隨即碎爲齏粉，哭着哭着，一直到死亡。

就這樣，每天每天……　荒廢和看守和影子，將工廠剝削了去。

五

有時候，從小小的市街駛來了插着紅旗的摩託車。一轉眼間，大起來了。咆哮着駛過了矮小的房屋的旁邊，在工廠門口停住。隱現着頭巾，外套，熟皮短襖。看守們怯怯地在奔走。到來的人們順着踏硬了的小路，往工廠去了。脚步聲在凍了的鐵的屋子裏分明發聲，反響。到來的人們側耳聽着那將音響化石的沈默。歎息之後，走出門外。出神地望着逼近工廠的平原。聽聽看守們關于失竊的陳述，將什麼記在小本子上。到事務所裏取暖，于是回去了。

看守們目送着帶了翻風的血塊的小了下去的摩託車。于是使着眼色，說道：

——怪人兒呵。　眞是…………

——哼…………

六

每星期一回，壓着工廠的寂靜，因咆哮的聲音而發抖，嚇得迸散了。各個工廠，都奏着猛烈的顫動的歌聲。　戢翼在工廠的王冠上的烏鴉喫了驚，叫着飛去了。

看守們受了鐵的叫喚，連忙跑往鑄鐵廠。　只見身穿短短的工作服，脚登蒙皮的氈靴的漢子，揮着鐵鎚，竭力在打舊的鍋子。

——鏜！……　鏜！……

這是先前的鍛工斯覺波。　人說他是獃的，然而那是謊話。　他用了謎似的一隻眼，看看走了近來的看守們，放下鐵鎚，冷嘲地問道：

——喫了驚了？

『好了，斯覺波……學搗亂……那里是我們的不好呢？』

『學搗亂……』斯覺波學着看守們的話。『你們靜靜地剝削工廠……倒能幹囉。』于是笑着。

看守們撲向鎚子去。衝上前去，想搶下鎚子來。他揮着鐵鎚來防禦，藏在壓搾機的後面，藏在鍋子的後面。接着蓬的一聲——跳出窗外了。

並且在外面駡起來——

『連將我的鎚子都在想賣掉罷？……阿呵，呵，呵……賊！』

鐵鍋快活地一齊複述他的叫喊——于是寂然了。但不久，鐵在打鐵廠的背後，鐵鎚之下絕叫起來。音響相交錯，和風一同飛騰，在平野上反響。

矮小的人家的門口，現出人們來。搖着頭，而且感動了——

『斯覺朋加又在打哩……』

『看哪，他……』

『眞好像開了工似的………』

然而斯覺波的力衰遰了。鐵鎚從手中滑落。工廠就更加寂靜起來。斯覺波藏好鐵鎚，臉上浮着幸福的微笑，沿了偷兒們所踏實了的小路，從工廠裏走出。

他在路上站住，側着頭，傾耳靜聽………沈默壓住着機器，工作臺，鍋子。斯覺波歎一口氣。聳聳肩。走着，嘮叨着——

『就是做着看守………眞是，這時候………偸得多麼兇呀……』

從他背後，在鑄鐵器的如刺的煙所熏蒸的壁上，爬籠了啞的鐵的哀愁。

他覺得這很接近。昂着頭，熱烈地跳進事務所裏去。向看守們吆喝，嚇唬。于是又憂鬱地向市街走，在蘇維埃的大門口蹀着脚，對大家懇求，託大家再開了工廠。被寬慰，被勉勵，回到自己的家裏來。

夢中伸出了張着靑筋的兩隻手，掙扎着，並且大叫道——

「喂，喂！……拿鎔器！……燒透了！打呀，打呀！……」

我要活

A·聶維洛夫 作

我們在一個大草原上的小村子裏紮了營。我坐在人家前面的長椅子上，撫摩着一匹毛毿毿的大狗。這狗是遍身亂毛，很討人厭的，然而牠背上的長毛收藏着太陽的暖氣，彎向牠坐着，使我覺得舒服。間或有一點水滴，落在我的肩膀上。後園裏鵝兒激烈的叫着。雞也在叫，其間夾着低聲的啼唱。窗前架着大磤，遠遠的伸長了鋼的冰冷的頸子。汗溼淋淋的馬匹，解了索，卸了鞍，在喫草。一條快要乾涸了的小河，急急忙忙的在奔流。

我坐着，將我那朦朧的頭交給了四月的太陽，凝眺着藍雲的裂片，在冰消雪化了的烏黑的地面上浮動。我的耳朵是沒有給礮聲震聾了的。我聽見鵝兒的激烈的叫，雞的高興的叫。有時靜穩地，謹慎地，落下無聲的水滴來……

這是我的戰鬥的春天。

也許是最末後罷……我在傾聽那迎着年青的四月的春天而來的喧囂，叫喊——我的心很感奮了。

在家裏是我的女人和兩個小孩子。一間小房在樓屋的最底下，提尖了的耳朵，凝神注意地靜聽着晚歸的，夜裏的脚步聲。人在那里等候我，人在那里也許久已將我埋掉了。當我凝視着對面的小河，凝視着礮架跟前跳來跳去的雀子的時候，我看見臉上青白少血的我的兒子綏柳沙，看見金黃色的辮髮帶着亮藍帶子的三歲的紐式加。他們坐在窗沿上，大家緊緊的靠起來，在從呵溼了的窗玻璃往外望。他們在從過往行人中找尋我，等我回來，將他們抱在膝髁上。這兩個模糊的小臉，將爲父的苦楚，塡滿了我的心了……

我從衣袋裏掏出一封舊的，看爛了的信來。我的女人安慰我道：

『這在我是很爲難的，但我沒有哭……你也好好的幹罷！……』

然而，當我離家的時候，她却說：

『你爲什麼要自去投軍呢？莫非你活得煩厭了麽？』

我怕聽隨口亂說的話語。我怕我的女人不懂得我是怎樣的愛人生。眼淚順着她的兩頰滾下來。她說明了她的苦痛，她的愛和她的憂愁，然而我的腿並沒有發抖。這囘是我的女人勉勵我道：

『竭力的幹去！不要爲我們發愁！……我是熬得起的，什麽都不要緊……』

還有一封綏柳沙的信。他還不知道寫字母，只在紙上塗些線，桿，圈，塊，又有一叢小樹，伸開着枝條，却沒有葉子。中間有他母親的一句註脚道：

『隨你自己去解釋……』

我是懂得綏柳沙的標記的。

我第一回看這封信，是正値進軍，要去襲擊的時候，而那些桿子和圓塊，便用了明亮的，鼓勵的眼睛凝視着我。我偸偸的接了牠一個吻，免得給伙伴們看見了笑起來，並且摸摸我的鎗，說道：

『上去，父親！上去！……』

而且到現在我也還是這樣想。

我的去死，並非爲了無聊，或者因爲年老；也不是因爲我對于生活覺得煩厭了。不是的。我要活！……清新的無際的遠境，平靜的曙光和夕照，白鶴的高翔，窪地上的小溪的幽咽，一切都使我感奮起來……我滿懷着愛，用了我的眼光，去把握每一朶小雲，每一叢小樹，而我却去死……我去捏住了死，並且靜靜的迎上去。牠飛來了，和震破春融的大地的沈重的礮彈在一起，和靑煙閃閃，密集不斷的鎗彈在一起。我看見牠包在黃昏中，埋伏在每個小樹叢後面，每個小岡子後面，然而我去，並不遲疑。

我去死，就因爲我要活………

我不能更簡單地，用別的話來說明，然而周圍是兇相的死，我並不覺得前來抓我的冷手。孩子的眼睛也留不住我。牠起先是沒有哭腫的。牠還以天眞的高興，在含笑，于是給了我一個想像，這明朗的含笑的眼睛總有一回要陰鬱起來，恰如我的眼睛，事情是過去得長遠了，當我還是孩子時候一樣………我不知道我的眼睛哭出過多少眼淚，誰的手拉着我的長髮………我只還知道一件事：我的眼睛是老了，滿是憂苦了………牠已經不能笑，不再燃着天眞的高興的光燄，看不見現在和我這麼相近的太陽………

當我生下來的時候，是在一所別人的，『幸福者』所有的又大又寬的房屋裏。我和我的母親住的是一點潮溼的地下室的角落。我的母親是洗衣服的。我的眼睛一會辨別東西，首先看見的就是稀溼的褲子和小衫掛在繩索上。太陽我見得很少。我沒有見過我的父親。他是個什麼人呢？也許是住在地下室裏的鞋匠。也許是每夜在聖像面前點燈的，商界中的靜默而敬神的老人。或者是一個酗酒的官吏！

我的母親生病了。

兵丁，脚夫，破小衫的貨車夫，流氓和扒手，到她的角落裏來找她。他們往往毆打她，好像打一匹乏力的馬，灌得她醉到失了知覺，于是獸頭獸腦的將她摔在眠牀上，並不管我就在旁邊……

我們是『不幸者』，我的母親常常對我說：

『我們是不幸者，華式加！死罷，我的小寶寶！』

然而我沒有死。我找尋職業，遇着了各樣的人們。沒有愛，沒有溫和，沒有暖熱的一瞥。我一匹小狗似的大了起來。如果人打我，我就哭。如果人撫摩我，我就笑。我不知道爲什麼我們是不幸者，而別人却是幸福者。我常常抬起我那衰老的，滿是憂苦的眼睛向着高遠的，青蒼的天空。人說，那地方住着敬愛的上帝，會給人們的生活變好起來的。我正極願意有誰也給我的生活變好，我祈求着望着高遠的，青蒼的天空。但敬愛的上帝不給我回答，不看我衰老的，哭腫了的眼睛……

生活自己却給了我回　並且指教了我。牠用毫不可破的眞實來開發我，我一懂得牠的意思，便將祈禱停止了……我分明的懂得：我們是並非偶然地，也並非因了一人的意志，掉在地下室的角落裏的，倒是因了一切這些人的意志，就是在我們之上，所有着明亮的，寬大的房屋的人們。因了全階級的意志，所以幾十萬，幾百萬人就得像動物一般，在地下室的角落裏蹩來蹩去了……

我也懂得了人們批她嘴巴的我的母親，以及逼得她就在我面前，和『相好』躺在牀上的不幸的根源了。如果她的眼睛鎭靜起來，我就在那裏面看見一種這樣的憂愁，一種很慈愛的，爲母的微笑，致使我的心爲着愛和同情而發了抖。因為她年青，貌美，窮困和沒有幫助，便將她趕到街上，趕到冷冷的街燈的光下去了。

我懂得許多事。

我尤其懂得了的，是我活在這滿是美麗和奢華的世界上，就如一個做一天喫一天的短工，一匹檢喫麵包末屑的健壯的，勤快的狗。……我七歲就開始做工了。我天天做工，然而我窮得像一個乞兒，我只是一塊糞土。我的生活是被弄得這樣壞，這樣賤，我的臂膊的力氣一麻痺，我的胸膛的堅實一寬緩，人就會將我從家裏摔出去，像塵芥一般……我，親手造出了價值的我，却沒有當作一個人的價值，而那些人，使用着我的筋力的人，一遇見我病倒在牀上，就立刻會欺侮我，還欺侮我的孩子們，他們一下子就將他們趕出到都市中的無情的街上去了。

現在，我如果一看綏柳沙的桿子和圓塊，對于他的愛，就領導我去戰爭。我毫不遲疑。對于被欺侮了的母親的愛，給了我脚力……這是很焦急的，如果我一設想，綏柳沙也像我一樣，又恰是一匹不值一文的小狗，也來販賣他壯健的筋肉，又是一個這樣的沒有歸宿的小工。這是很焦急的，一想到金黃色的辮髮上帶着亮藍帶子的紐式加的身上……

直白的想起來，我的女兒會有一回，不再快活的微笑了，倒是牽歪了她那凋萎的，菲薄的嘴唇，順下了她的含羞的眼，用了不穩的脚步走到冷冷的街燈的光下去，一到這樣的直白的一想，我的心幾乎要跳得迸裂了……

我不看對準我的鎗口，我不聽劈劈拍拍的鎗聲……我咬緊了牙齒。我伏在地上，用手脚爬，我又站起來，衝上去……沒有死亡……也沒有撫人入睡的春日……我的心裏蓬勃着一個別樣的春天……我滿懷了年青的，抑制不住的大志，再也不聽宇宙的媚人的春天的聲息，倒是聽着我的母親的聲音：

『上去，小寶寶！ 上去！』

我要活，所以我應該爲我自己，爲綏柳沙和紐式加，還爲一切衰老的，哭腫了的眼睛不再能看的人們，由戰鬥來贏得光明的日子……我的手已經被打穿了，然而這並不是最後的犧牲。 我若不是長眠在雪化冰消，日光遍照的戰場上，便當成爲勝利者，回到家鄉去……此外再沒有別的路……而且我要活。 我要綏柳沙和紐式加活，並且高興，我要我們的全市區，擠在生活的壓芥坑上的他們活，並且高興……所以，就因爲我要活，所以再沒有別的路，再沒有更簡單的，更容易的了。 我的對于生活的愛，領導我去戰鬥。

我的路是長遠的。

有許多回，曙光和夕照也還在戰場上歡迎我，但我的悲哀給我以力量。

這是我的路……

工人

S●瑪拉式庚 作

一

當我走進了斯泰林俱樂部的時候，在那里的人們還很有限。我就到俱樂部的幹事那里去談天。于是幹事通知我道：

『今天是有同志羅提阿諾夫的演說的。』

『哦，關于怎樣的問題的講演呢？』我問。

但幹事沒有回答我的這質問。因爲不知道爲什麼，愛好客串戲劇的同人將他叫到舞臺那里去了。

我一面走過廣場，一面想。還是到戲院廣場的小園裏，坐在長板椅子上，看看那用各種草花做成的共產黨首領的肖像，看看那在我們的工廠附近，是不能見到的打扮的男人和女人，呼吸些新鮮空氣罷，于是立刻就想這樣，要走向門口去，這時忽然有人抓住了我的手，說起話來了：

『你不是伊凡諾夫麼！』

『不錯，我是伊凡諾夫——但什麼事呀？』

『不知道麼？』

『哦，什麼事呢，可是一點也不明白呵……… 同志！』

『那麼，總是想不起來麼？』

『好像在什麼地方見到過似的，但那地方，却有些想不起來了。』我回答說。

那想不起來了的男人，便露出闊大的牙齒，笑了起來。

『還是下象棋去罷——這麼一來，你就會記起我是誰來的。』

『那麼，就這麼辦罷。』我贊成說。『看起來，你好像是下得很好的？」

「是的，可以說，並不壞。」

「不錯，在什麼地方見過你的。 對不對？」

「在什麼地方？」他複述着，喫去了我這面的金將。 「唔，在彼得堡呵。」

「哦，彼得堡？ 是的，是的，記起來了，記起來了哩。 你不是在普諦羅夫斯基工廠做工的麼？」

「對了。 做過工！」

「在鑄造廠，和我一起？ 但這以後，可是過了這麼長久了。」

「是的，也頗長久了。」他說着，又提去了我的步兵。 「你還是下得不很好呵。」

「你確是伊凡罷？」

「對哩。」——他回答着，說了自己的名姓，是伊凡•亞歷山特羅微文·沛羅烏梭夫。

我看定了曾在同一個廠裏作工的，老朋友的臉的輪廓。他，在先前——這是我很記得的…… 他的眼，是好看而透明，黑得發閃的，但那眼色，却已經褪成燒栗似的眼色了。

『你爲什麼在這麼獃看我的？ 也還是記不起來麼？』

『是的，也還是不大清楚……』 我玩笑地答道。『你也很兩樣了呵。如果你不叫我，我就會將你……』

『那也沒有什麼希奇呀。』

『那固然是的。』 我答說，『但你也很有了年紀了。』

『年紀總要大的！』 他大聲說，異樣地擺一擺手，說道，『你我莫非還在自以爲先前一樣的年青麼？ 和你別後，你想是有了幾年了？』

『是的，有了十年了罷？』

『不，十二年了哩。我在一千九百十二年出了工廠，從這年的中段起，就在俄國各處走。這之間，幾乎沒有不到的地方，哪，兄弟，我是走着流浪了的。也到過高加索，也到過克里木，也曾在黑海裏洗澡，也一直蕩到西伯利亞的內地，在萊那金礦裏做過工……後來戰爭開頭了，我便投了軍，做了義勇兵去打仗。這是戰爭不容分說，逼我出去的……話雖如此，但那原因也還是爲了地球上沒有一件什麼有趣的，特別的事，也不過爲了想做點什麼有趣的，特別的事來試試罷了……』

『阿阿，你怎麼又發見了這樣的放浪哲學了？』我笑着，說。『初見你的時候，你那里是還沒有這樣的哲學的。』

『那是，的確的。我和一切的哲學，都全不相干。尤其是關于政治這東西。』

『對呀，一點不錯。記得的！』我大聲說，高興得不免拍起手來。

『怎的，什麼使你這樣喫驚呀？』他搖着紅的頭髮，凝視了我。

『你現在在墨斯科作工麼？』我不管他的質問，另問道。

『比起我剛纔問你的事來，你還有更要向我探問的事的罷？你要問：曾經詛咒一切政治家，完全以局外分子自居的我，爲什麼現在竟加入工人階級的惟一的政黨，最是革命底的政黨了。唔，是的罷？』他說着，屹然注視了我的臉。

『是的，』我回答道。『老實說，這實在有些使我覺得詫異了的。』

『單是「有些」麼？』他笑着，仰靠在靠手椅子上，沈默了。

我看見他的臉上跑過了黯淡的影子，消失在額上的深皺中。薄薄的嘴唇，微細到僅能覺察那樣地，那嘴角在發抖。

我們兩個人都不說話。我看着駒，在想方法，來救這沒有活路的絕境。

『已經不行了。』他突然對我說。『你一定輸的。就是再走下去，也無趣得很。倒不如將我爲什麼對于政治有了興味的緣故，講給你聽聽罷。』

「好，那是最好不過的了。」 我坐好了，說。

「還是喝茶去罷！」他道。

我叫了兩杯茶和兩份荷蘭牛酪的夾餡麵包，當這些東西拿來了的時候，他便滿舀了一匙子茶，含在嘴裏，于是講了起來。

二

我已經說過，戰爭，是當了義勇兵去的。 在萊那投了軍，編在本地的軍隊裏，過了兩個月，就被送到德國的戰線上去了。 也曾參加了那有名的珊索諾夫斯基攻擊，也曾在普魯士的地下室裏喝酒，用鎗刺刺死了小豬，鷄鴨，之類，大嚼一通。 後來還用鶴嘴鋤掘倒了華沙的體面的牆壁。

——可是關于戰爭的情形，是誰也早已聽厭了的，也不必再對你講了。

——但在我，是終于耐不住了三個月住在塹壕裏，大家的互相殺人。 于是到第四個月，我的有名譽的愛國者的名姓，便變了不忠的叛逆者，寫在逃兵名簿上面了。 然而這樣的惡名，在我是毫不覺得一點痛養。我倒覺得舒服，就在彼得堡近郊的農家裏做短工，圖一點麵包過活。因爲只要有限的麵包和黃油，就給修理農具和機器，所以農夫們是非常看重我的。我就這樣，在那地方一直住到羅馬諾夫帝室倒掉，臨時政府出現，以至凱倫斯基政府的樹立。但革命的展開，使我不能不捲進那旋風裏面去。我天天在外面走。看見了許多標語，如『以鬥爭獲得自己的權利』呀，『凱倫斯基政府萬歲』呀，還有沈痛的『打倒條頓人種』，堂皇的『同盟法國萬歲』，『力戰到得勝』之類。我很傷心。就這樣子，我在彼得堡的街上大約彷徨了一個月。那時候，受了革命的刺戟，受了國會議事堂的露臺上的大聲演說和呼號的刺戟，有點厭世的人們，便當了義勇兵，往戰線上去了。但我却無論是羅馬諾夫帝室的時候，成了臨時政府了的時候，都還是一個逃兵，避開了各種的驅策。隨他們大叫着『力戰到得勝』罷，我可總不上戰線去。但我厭透了這樣的吵鬧了。不多久，又發布了對于逃兵的治罪法，我便又囘到原先住過的農夫的家裏去。這正是春天，將要種田的時節，于是很歡迎我，僱下了。還未到出外耕作之前，我就修繕農具和機器，釘馬掌，自己能做的事不必說，連不能做的事也都做了起來。因此農夫們對我很合意，東西也總給喫得飽飽的。夏天一到，我被僱作傭工，爬到草地裏去割草，草地是離村七威爾斯忒的湖邊的潮溼的樹林。我在那里過了一些時。白天去割草，到夜就燒起茶來，做魚湯，喫麵包。魚在湖裏，只要不懶，要多少就有多少。我原是不做打魚的工作的，做的是東家的十歲的兒子。夜裏呢，就喜歡駛了割草機，到小屋附近的鄰家去玩去。那家裏有兩個很好的傭工。他們倆外表都很可愛，個子雖然並不高，卻都是茁實的體格。一個是禿頭，單是從耳根到後腦，生着一點頭髮。而且他和那伙友兩樣，總喜歡使身子在動彈。臉呢，顴骨是突出的，太陽穴這些地方卻陷得很深。但下巴鬍子卻硬，看去好像向前翹起模樣。小眼睛，活潑潑地，在闊大的額下閃閃地發光。在暗夜裏，這就格外惹眼。上唇還有一點發紅的小鬍子，不過僅可以看得出來。

做完工作之後，在湖裏洗澡，于是到鄰家去。那時他們也一定做完了工作，燒起柴來，在用土竈煮茶，且做魚湯的。

『好麼，頭兒？』那年紀較大的漢子，便從遮着禿頭的小帽底下，仰看着我，親熱地伸出手來，緊緊地握一握手。別一個呢，對于我的招呼，却只略略擡頭，在鼻子下面哼些不知道什麼話。我當初很不高興他。但不久知道他不很會說俄國話，也就不再氣忿，時時這樣和他開玩笑了——

『喂，大腦瓜！你的頭就緊連着肩膀哩。』

他的頭也實在圓，好像救火夫的帽子一樣。就是這麼鬧，他也並不生氣，反而哈哈大笑起來。

開了這樣的玩笑之後，他們就開始用晚膳。我往往躺在草地上，看着天，等候他們喫完。在這里聲明一句：我在放浪生活中，是變了很喜歡看天的了。躺在草地上，看着天，心就飄飄然，連心地也覺得輕鬆起來。而且什麼也全都忘掉，從人類的無聊的討厭的一切事情得到解放了。

總之，當他們喫完晚膳之前，我就這樣地看着天。夜裏的天很高，也很遠，我這樣地躺着，他們在喫晚膳的平野，簡直像在井底一樣。由這印象，而圍繞着平野的林子，就令人覺得彷彿是馬蹄似的。這樣的暗夜，我走出塹壕，和戰線作別了。在這樣的暗夜裏，我憎惡了戰爭，脫離戰線，儘向着北方走，肚子一餓，是只要能入口，什麼也都檢來喫了的。我和那戰爭作別了，那一個暗夜，是永遠不會忘記的。戰爭！這是多麼該當詛咒呵…………

『是的………』我附和說，又插進談話去道，『那一夜出了什麼可怕的事了麼？』

他向我略略一瞥，纔說道——

「但不比戰爭可怕的，這世上可還有麼？」

「那大概是沒有了！」 我回答說。

「不，我見過比戰爭還要可怕的事。 我見過單單的殺人。」

「不，那不是一樣的事麼？」

「不，決不一樣的。 固然，戰爭的發生，是由于資本家的機會和用作對于被壓迫者的壓制，然而在戰爭，却也有牠本身的道德底法則，所謂資產階級的道德——用一句話來說，就是對于敗北者的慈悲……」

「那麼……」

「我軍突然開始撤退了。 在奧古斯德威基森林的附近，偶然遇見了大約一千個德國兵，便將他們包圍起來。 但德國兵不交一戰就投降了。我軍帶着這些俘虜，又接連退走了兩晝夜。 我軍的司令官因爲喫了德軍的大虧，便決計要向他們報復，下了命令，說一個一個帶了俘虜走近林邊時，爲節省時間和鎗彈起見，就都用鎗刺來刺死他。 這就出現了怎樣的情形啊！　在那森林的附近，展開了怎樣的呻吟，怎樣的懇求，怎樣的詛咒了啊！　一千左右的德國兵，無緣無故都被刺殺了。　也就在這一夜，我恨極了戰爭，而且正在這一夜，我那有名譽的愛國者的尊稱就消失了。………』

『你也動了手麼？………』

『不，』他回答說。『使那命令我去刺殺他的一個俘虜走在前面的時候，那俘虜非常害怕，發着抖，蹌蹌踉踉地走在我的前頭。　當聽到他那伙伴的呻吟叫喚時，他就撲通跪下，用兩手按住肚子，睜了發抖的眼望着我，瑟瑟地顫動着鐵青了的嘴唇………』

沛羅烏梭夫說到這里，停住了他的話，向左右看了一回。

『我連他在說什麼，也完全不懂。　我也和他一樣，動着嘴唇，說了句什麼話。　我決下心，將鎗刺用力地刺在地上了。　這時候，俘虜已經在逃走。　鎗刺陷在泥土裏，一直到鎗口。　我覺得全身發抖，向了別的方面逃跑，直到天明，總聽到死的呻吟聲，眼前浮着對我跪着的俘虜的臉相。』

『對呵，那實在是，比戰爭還要討厭的事呵——』我附和着他的話，說。

『從此之後，我就不能仰望那星星在發閃的夜的天空了。我覺得並不是星星在對我發閃，倒是奧古斯德威基森林的眼睛，正在凝視着我的一樣……』

『是的！』他又增重了語尾的聲音，說，『——總之，我當他們喫完晚膳之前，總還是仰天躺着，在看幽暗的天空的。也不記得這樣地化去了多少時光了，因爲有馬蟻從脚上爬到身體裏，我便淸醒過來。擡頭一看，却見那年紀較大的一個，用左手放在膝髁上支着面頰，坐在我的旁邊，在看湖水和樹林的漆黑的顏色。還有一個是伏着的，用兩手托了下巴，也在望着湖水出神。我和他們，是天天就這個樣子的，我從來沒有看見他們望過一囘天空。所以我就自己斷定：他們是也討厭天空和星星的。

『你爲什麼在這樣發抖的？』坐在我的旁邊的那一個，凝視着我，問道。

『不知怎的有些不舒服……』我囘答說。『不知怎的總好像我們並非躺在平野上，倒是睡在黑圈子裏面似的。』

『那是，正是這樣也難說的……』他贊和着，又凝視起我來了。我覺得他的小眼睛，睜着閃閃地射在昏暗裏。

『我覺得我們是走不出這圈子以外的……』我一面說，也看着樹林的幽暗和湖水。

『你很會講道理呵……』他大聲發笑了。

這話我沒有囘答，他也不再說什麼下去了。我們三個人，都默默地看着森林和湖水。我們的周圍，完全是寂靜，寂靜就完全罩住了我們。

在這寂靜中，聽到水的流動聲，白楊樹葉的交擦聲，絡緯的啼叫聲，蚊市的惱人的哭訴聲，偶然也有小蟲的鳴聲，和衝破了森林和湖水的幽靜的呼吸，而叫了的遠處的小汽船的汽笛。

『你去打過仗了的罷！』忽然破了這沈默，他質問我了。他除下小帽來，在手上團團地轉着。

我給這意外的質問嚇了一下，轉眼去看他，他却還是轉着小帽，在看森林的幽暗和湖水。我看見了他那出色的禿頭，和反射在那禿頭上面的星星和天空……還有一個不會說俄國話的，則理亂不知地伏着在打鼾。

『唔，去過了呀。』暫時之後，我乾笑起來。

『去過了？』他說，『那麼，爲什麼現在不也去打仗的呢？』

『那是……』我拉長句子，避着詳細的囘答，『因爲生病，退了伍的……』這之後，談話便移到政治問題上去了。『現在是連看見打仗，聽說打仗，也都討厭起來！……』

『那又為什麼呢？………』　他說着，便將身子轉到這邊來。

『那是，我先前已經說過，政策第一，靠戰爭是不行的。　況且現在國民也並無愛國心………』

『我以爲你是愛國主義者，却並不是麼？』

我在這話裏，覺到了嘲笑，叱責和眞理。　但我竟一時忘却了我的對于戰爭的詛咒，開始擁護起我那早先的愛國主義來了。　我以爲靠了這主義，是人世的汙濁，可以清淨的。　——因爲我在那時，極相信戰爭的高尙和那健全的性質，而且那時的書籍，竟也有說戰爭是外科醫生，戰爭從社會上割掉病者，將病者從社會上完全除滅，而導社會于進步的。

『是的，你並不錯。　我是非常的愛國主義者，至于自願去打仗，去當義勇兵………』

『當義勇兵………』　他睜大了吃驚的眼，用手趕着蚊子，用嘲笑的調子復述道。　『當義勇兵………』

我向他看。 他的禿頭上，依然反射着幽暗的天和星星。 我發起恨來了。

『你爲什麼嘲笑我的呢……』 我詰問他說。

他並不囘答我。 他那大的禿頭上，已經不再反射着幽暗的天和星星了。 因爲他戴上了小帽。 他似乎大發感慨，輪着眼去望森林的幽暗和湖，彷彿在深思什麼事。 他在深思什麼呢？ 我就擅自決定：他和我是一類的東西。

『你在氣我麼？』 他終于微笑着，來問我道。

『不，你是說了眞理的。 ——我詛咒戰爭。 我是逃兵！』

『哦，這樣——』他拖長了語尾，就又沈默了。

就是這樣，我不再說一句話，他也不再說一句話。

伏着睡覺的那一個，嘮叨起來了，一面用了他自己國裏的話，嘰哩咕嚕的說着不知道什麼事，一面囘到小屋那面去了。 不多久，我也就並不握手，告了別，囘到自己的小屋裏。孩子早已打着鼾，熟睡在蚊子的鳴聲中。我沒有換穿衣服，就躺在乾草上面了。

有了這事以後，我一連幾夜沒有到鄰家去。那可決不是因爲覺得受了侮辱，只爲了事情忙。天氣的變化總很快，我常怕要下雨。況且女東家來到了，非將乾草攪拌，集起來綑成束子不可……直到天下大雨，下得小屋漏到沒有住處了的時候，這纔做完了工。從這樣的雨天起，總算能夠到鄰家去了，然而小屋裏除了孩子和狗之外，什麼人也不在。我于是問孩子道：

『這里的人們，那里去了呀？』

『上市去了。』孩子囘答說。

『什麼時候呢，那是？………』

『嚇，已經三天以前了哩………』

那我就什麼辦法也沒有。試再囘到自己的小屋來，却是坐也不快活，睡也不快活。加以女東家又顯着嚇人的討厭的樣子，睜了大湯匙一般的眼，向我只是看。

『盧開利亞•彼得羅夫娜，你爲什麼那樣地，老是看着這我的？』然而她還是氣喘吁吁，目不轉睛地凝視我。我覺得有趣了，問道：

『怎麼了呀？不是有點不舒服麼？還是什麼……』

『不，伊凡奴式加，』她吐了沈重的長太息，大聲說道，『我喜歡了你哩！』

于是她忽地抱住了我的頸子。

——說到這里，我的朋友就住了口，凝視着茶杯。後來又講起來道：

『唉唉，這婆子實在是，這婆子實在是……』

我發大聲笑了起來。

『那麼，這婆子給了你什麼不好的結果了麼？……』

『那里，她是非常執拗地愛了我的哩。尤其是在戰事的時候……』

他笑着，接下去說道，『這之後，我就暫時住在盧開利亞•彼得羅夫娜的家裏，好容易這纔逃到市裏來的……　很冒了些困難，纔得走出。開初是恐嚇我，說是布爾塞維克正在圖謀造反，有不合夥的，就要活活地埋在墳裏，或者抛到涅伐河裏去……　總之，是費了非常的苦心，纔能從她那里逃出，待到走近了彼得堡，這總算可以安穩了……』

他拿起杯子來喝茶，我勸他換一點熱的喝。

『哦，那多謝。』他說着，就取茶去了。

三

『是好女人。』　他吐一口長氣，說。『有了孩子哩。來信說，那可愛的孩子，總在叫着父親父親的尋人。我想，這夏天裏，總得去看一看孩子……』

『那男人呢？』

『來信上說是給打死了。叫我去，住在一起。』他說着，就用勁地吸煙。

『好，這且不管牠罷，我一到彼得堡市街的入口，馬上就覺得了。情形已經完全兩樣，雖然不明白爲什麼，却只見市上人來人往，非常熱鬧，連路也不好走了。這是什麼事呢？我就拉住了一個兵，問他說；

『這許多人們，是到那里去的，你知道麼？』

那兵便看上看下，從我的脚尖直到頭頂，揑好了鎗，呸的吐了一口唾沫。

『你是什麼！兵麼？』

『兵呀！』我答着，給他看外套。

『兵？』他只囘問了一聲，什麼話也不說，就走掉了。

『這是怎麼一囘事呵。』我不禁漏了歎息，但因爲總覺得這里有些不平安，便跟在那兵的後面走。兵自然不只一個，在這些地方是多到挨挨擠擠的，但我去詢問時，却沒有一個會給我滿足的回答，我終于一徑走到調馬場來了。在這里就鑽進人堆的中央，傾聽着演說。剛一鑽進那里去，立刻聽到了好像熟識的聲音，我不禁喫驚了。我想走近演壇去，便從兵隊和工人之間擠過，用肩膀推，用肘彎抵，開出路來，但沒有一個人注意我。待到我擠到合式的處所，一擡頭，我就喫驚得彷彿潑了一身熱水似的了。在我的眼前的演壇上，不就站着個子並不很大，禿頭的，我在草場那里每夜去尋訪，閒談，一同傾聽了森林的寂靜的那個人麼？

『那是誰呢？』我伸長頸子，去問一個緊揑着鎗的兵卒。但兵卒默然，什麼話也沒有囘答我。我只看見那兵卒的嘴唇怎樣地在發抖，怎樣地在熱烈起來。而且這熱情，也傳染了我了。

『那是誰呵？』我推着那兵的肚子，又問道。然而他還是毫不囘答，只將上身越加伸向前方，傾聽着演說。我于是決計不再推他了，但拼命地看定了那知己的臉，要聽得一字不遺，幾分鐘之後，我和兵就都像生了熱病似的，咬牙切齒，揑緊拳頭，連指節都要格格地作響。那個熟識的人，是用堅固的鐵棍，將我們的精神打中了。

『要暴動，最要緊的是階級意識和強固的决心。應該鬥爭到底。而且，同志們！首先應該先爲了工人和農人的政權而鬥爭……』

兵卒和工人的歡呼聲，震動了調馬場的牆壁。工人和兵卒，都歡欣鼓舞了。

『社會革命萬歲！』

『我們的指導者萬歲！』

『列寧！』我叫喊着，高興和歡喜之餘，不能自制了。每夜去訪的那人，是怎樣的人呢？他們是爲了工人階級的偉大的事業，而在含辛茹苦的。不料我在草場上一同聽了森林的寂靜的人，正是這樣的人物呵！

『列寧！』我再叫了一聲，拔步要跑到演壇去。

『我願意當義勇兵了！當義勇兵！』

然而兵卒揑了我的手，拉住了。他便是我問過兩囘的兵卒，用了含着狂笑的嘴，向我大喝道；

『同志，怎的，你莫非以爲我們是給鞭子趕了，纔去打仗的麼？』

我沒有囘答他。因爲這是眞實。我們眼和眼相看，互相握着手，行了一個熱烈的接吻。

從這天起，我就分明成了布爾塞維克，當市民戰爭時代，總在戰線上，我將先前的自己對于政治的消極主義，用武器來除掉了。

『現在是，政治在我，就是一切了！』他說着，便從靠手椅上站了起來。

『那是頂要緊的。』我囘答說，和他行了緊緊的握手。

四

過了十五分鐘，我們就走進講堂，去聽同志羅提阿諾夫的關于『工農國的內政狀態』的演說去了。

一天的工作

A•綏拉菲摩維支 作

一

天亮了，靠近牆壁的架子上面，一些罐頭，以及有塞子有標題的玻璃瓶，从暗淡的亮光裏顯露出來了，製藥師的高的櫃臺也半明半暗的露出一個黑影來了。

向着街道的那扇大的玻璃門，還關閉着。另外有扇門却開在那裏，可以看得見間壁房間裏的櫃臺上躺着一個睡熟的人影呢。這就是昨天晚上值班的一個學徒。他沉溺在早晨的夢境裏，正是甜蜜的時候。

街道上的光亮了些。九月的早晨的冷氣透進了房屋，卡拉謝夫扯了一下那件當着被窩蓋的舊大衣，把頭鑽了進去。

大門那邊的鈴響了，應該起來了，卡拉謝夫可很不願起來呢，——如果再睡一忽兒多甜蜜呵！鈴又響了，『滾你的蛋，睡都不給人睡夠的。』卡拉謝夫更加把頭鑽進大衣裏去了。 可是睡在大門邊的門房可聽見了鈴響，起來開了大門，然後跑到卡拉謝夫那邊，推他起來。

——起來，卡拉謝夫先生，買藥的人來了呢。 卡拉謝夫故意不做聲，等了一忽兒，但是，後來沒有辦法，始終爬了起來。 矇裏矇懂的對着亮光擠着眼睛，他走進了藥房。

——唔，你要什麼？ ——他很不高興的對着那個年青女人說。

——十個銅子的胭脂，七個銅子的粉。 她說得很快，而且聲音來得很尖的。 卡拉謝夫仍舊那樣，不高興的咕哩咕嚕的說着，裝滿了兩個小瓶：

——什麼風吹來的鬼，天還沒有亮呢！…… 拿去罷！ ——他說着，很煩惱的把那兩個瓶在櫃臺上一推。

——收錢罷——買藥的女人給他十四個銅子，對他說，——我們要到市場上去，我們是鄉下人，所以來的早些，——她添了這幾句話，爲的要說明她自己早來的理由——再會罷。

卡拉謝夫並沒有去回答她，只把應該放到錢櫃裏的錢放到口袋裏去了。他起勁的打着呵欠，他又得開始了這麼一套了：麻煩得受不了的，累死人的，瑣瑣碎碎的十四個鐘頭的工作，學徒，製藥師，副手，咒駡，不斷的買主走進走出，——整整的一天就是這些事情。他的心縮緊了。他揮了一揮手，爬上了櫃臺把大衣一拖，立刻又睡着了。看門的也把臉靠在門上。七點鐘已經敲過了，應該把一天的工作都準備起來，但是，藥房裏還是靜悄悄的。

二

製藥師沿着走進藥房的扶梯走下來了。他住在二層樓。他的新縫起來文雅的衣服和清潔的襯衫，同他的灰白的疲勞的臉，實在不相稱，他留意着自己的脚步，很謹愼的走下來，一面還整頓着自己的領帶。他也感覺到平常的做慣的一天的工作又開始起來了，自己必要的麵包全靠這種工作呢。他从早上七點鐘起直到晚上十點鐘止，站在藥櫃那邊，要配六七十張藥方，要分配學徒的工作，要按照藥方檢查每一服的藥料——而且還要不斷的記着：一次小小的錯誤，就可以打破他的飯碗，因爲學徒之中的任何一個要是有些疏忽，不注意，無智識，或者簡直是沒有良心的搗亂，那末他的地位就會丟掉，而且還要喫官司。但是，他同一般天天做着同樣工作的人一樣，最少想着的正是這種問題。

特別感覺得厲害的，就是平常每一天的早晨勉強着自己開始工作，同時想到自己在藥房裏是唯一的上司，這種情緒充滿了他，他低頭看看自己的脚，恍恍惚惚的扶着很光滑的往下去的欄干。

當他開門的時候，迎面撲來了一種混雜的藥房氣味，使他想起自己的整天的工作，他平心靜氣的，並沒有特別想着什麼，隨手把門關上了，他不過照例感覺到自己經常工作的地方的環境。

但是這裏一下子把他的心緒弄壞了，他很不滿意的看見了亂七八糟的情形：藥房的大門還沒有開，看門的剛剛从自己床上起來，懶洋洋的捲着破爛的鋪蓋，那位學徒的抽昏的聲音充滿了整個的藥房。

製藥師的生氣和憤怒的感覺，並不是爲了亂七八糟的情形而起來的，而是爲了大家不急急于準備着他要來，似乎沒有等待他。看看那位看門的臉上很平靜的，睡得朦裏朦懂的，上面還印着硬枕上的紅影子，他更加憤怒起來了，罵了他一頓，而且命令他開開藥房的大門；然後他很慌忙跑到睡覺的學徒那裏，很粗魯的把他的大衣一扯。

——起來！七點多鐘了。

那個學徒嚇了一跳，呆呆的無意思的看着製藥師，可是等他明白了是什麼一囘事，才慢慢的从櫃臺上爬下來，很怨恨的收拾他的鋪蓋。

——混蛋，你做的什麼？——藥房門還關着，一點都沒有準備好！

——你這樣發氣幹什麼，七點鐘還沒有呢，我錯了嗎？　爲什麼沒有換班的值日生？　幹什麼你這樣釘住了我？

卡拉謝夫惡狠狠的說得很粗魯，不給製藥師插進一句話，肝火發起來了，他想說得更粗魯些，他不想，也不願意去想或許是他自己有了錯誤。

——不准做聲！　人家對你說話呢。　今天我就告訴卡爾•伊凡諾維支。

卡拉謝夫咬緊了牙齒，拿了枕頭大衣，手巾，走進了裏面一扇門，到自己的房裏去。　他走過藥房，看了看鐘——眞的已經七點一刻了。他自己睡遲了，是他自己不好。　雖然他明白藥房門應當開的時候，人家不能夠允許他睡覺了，但是，他並不因此就減輕了他反對製藥師的憤怒，——爲着要給他所積聚了的怨恨找一個肉體上的出路，他走出了門，就兇惡而下作的咒罵了一頓。

製藥師走過櫃臺那邊抽出了藥方簿子。他感覺非常慌亂和不安，想很快的給卡拉謝夫感覺到自己的權力，使他去後悔，這種感覺使他的憤怒不能夠平靜下去。

不知怎樣的一下子在整個藥房裏，充滿了一種煩惱的情緒，一種禁止不住的怨恨，大家要想相駡，大家要互相的屈辱，看起來又並沒有什麼原因。其餘的學徒和副手都來了，他們縐着眉頭，朦裏朦懂的臉，很不滿意的樣子。好像在院子裏从早晨就開始下了秋天的細雨，還下過了雪珠，陰暗和潮濕的天氣，——大家心裏都非常的煩惱。

大家要做的事，都仍舊是那一套：十四個鐘點的工作，稱藥，磨藥，餵丸藥，時時刻刻从這一個藥櫃跑到那一個藥櫃，到材料房又到製藥房，一點沒有間斷和休息，一直延長到晚上十點鐘。週圍的環境永久是那麼樣，永久是那麼沉悶的空氣，永久是那麼樣的互相之間的關係，永久是那麼樣感覺得自己的封鎖狀態，和藥房以外的一切都隔離着。

通常的一天工作又開始了，又單調，又氣悶，很想要睡覺，一點兒事情也不想做。

三

看門的穿着又大又長的靴子，克托克托的走來；他的神氣是一個什麼也不關心的人，在藥房裏的一切事情，以及這裏一切人的好不好，他是完全不管的，他拿了兩把洋鐵茶壺的開水和茶，很謹愼的放在櫃臺上，熱的茶壺立刻粘住了漆布，要用氣力才扯得開。 大家就都在那間材料房中間的一張又狹又長的櫃臺上開始喝茶，——那張櫃臺就是昨天晚上卡拉謝夫睡覺的。 大家很怱忙的喝着玻璃杯裏混混的熱的湯水，這些湯水發出一種銅鐵的氣味。 話是沒有什麼可說的，因爲大家互相都已經知道，彼此都已經厭煩了，而且永久是一個老樣子。 買藥的人已經開始到藥房裏來了，時常打斷他們喝茶，一忽兒叫這一個夥計出去，一忽兒又叫那一個出去。

材料房裏走進了一個男小孩，大約有十六歲，他是又瘦又長，彎着胸，駝着背，穿着破爛不整齊的衣服，而且他那件西裝上衣披在他的駝背身上非常之不相稱的。這就是一個最小的學徒。

他跑到櫃臺邊，自己倒了一碗茶，兩隻眼睛找麵包，但是，攤在漆布上的只有一些兒麵包屑屑了。『什麼鬼把麵包都嚼掉了』，他自己講着，『這算什麼，要叫我餓死嗎！』他努力把發抖的嗓子熬住了。

他的樣子，他整個的骨架，暴露了那種過渡時期的年齡——正是身體加倍的生長，拚命的向上伸長的時候，但是他的年青的肉體還沒有堅固，他的身體的各部分發育得不平均，彷彿各個部分是分離的，是不相稱的，互相趕不上似的。

灰白色的瘦長的面龐表示着天生的忠厚，軟弱，服從，不獨立的性質。但是，他現在的怨恨和沒有用處的願望，總還要想懲罰別幾個學徒使他們感覺到自己的錯處，這些怨恨和願望就改變了他的神氣，他臉上的筋肉和嘴唇上的神經都在扯動着，而他的絕叫的聲音抽咽着。

這一切的表示所發生的影響，使人家看了覺得他眞是個小孩子的神氣。而他，恩德雷。列夫琛珂自己也覺得無論怎麼樣都要換一個方式來表示使人家不當他小孩子，使人家不笑他，但是不會這樣做。他不做聲了，用茶匙光郎光郎的把茶旋成一個圓的漩窩兒；然後，突然間發起恨來了，把並沒有一點兒錯處的茶壺一推，茶壺打開來了，水也潑出來了，他站起來，揮揮他的手。

——混蛋！只曉得喫，你們這些畜生！………爲什麼我從來沒有喫過別人的呢？你們這些不道德的人！

——茶壺倒翻了，死鬼！

大家相罵起來了，卡拉謝夫的兇惡的臉對着恩德雷。值班的一夜沒有好睡，早晨來買藥的女人，製藥師又來吵鬧了他，白天還有十四個鐘頭的工作，恩德雷臉上的神氣和他整個身體的樣子，——這一切一切都很奇怪的在他的心窩裏混合了起來。 恩德雷是個小學徒，根本就沒有資格高聲的說話。

——你擺什麼官架子！ 畜生！……… 誰怕你呢！

大家一致的攻擊列夫琛珂。 他應得的麵包，眞的不知道誰給他喫掉了，可是現在弄成功這樣了，彷彿倒是他自己的錯處。

列夫琛珂努力阻止嘴唇的發抖，熬住自己理直氣壯的眼淚，他沒有力量保護自己。 他似乎是爲着要維持自己的威嚴，說了幾句粗魯的罵人的話，就跑到屋角裏去，在空瓶堆裏鑽來鑽去。

受氣，孤獨，沒有幫助的感覺，使他的心上覺到病痛似的痛苦。 他進了藥房已經有半年了，直到現在，他天天一分鐘都不知安靜的。 追究他，罵他，鄙視他，譏笑他。 爲的是什麼呢？ 他總盡可能的工作，努力討大家的好。 他的加緊工作，本來是討好別人來保護自己的，可是，他愈是這樣，就愈發受苦。 甚至當他有幾分鐘空的時候从材料間跑到藥房裏來看看，學習學習配藥的事情，也要被他們驅逐出去，好像他有癩病要傳染似的——重新被人家趕回材料間去——洗洗橡皮泡，剪貼剪貼標題紙。大學徒，副手，製藥師也曾經有過這樣同樣的地位，他們也都受過侮辱和屈服，當初誰比他們在職務上高一級的人，也都可以這樣欺侮他們的。而現在，因爲心理的反動，他們完全是無意之中在恩德雷身上來出氣，彷彿是替自己的虛度的靑年時期報仇。

但是，他並不顧到這些，在他的心上只是發生了憤激和報仇的感覺。他急忙的粘貼着標題，同時一個一個奇怪的復仇的念頭在他的腦筋之中經過：大學徒，副手，製藥師應該碰見不幸的事情，或者火燒，或者喫錯了毒藥，或者更好一些，——他們弄錯了藥方，毒死了病人，結果警察來提他們，而他們在絕望之中將要來請求恩德雷救他們，請他說：這是他沒有經驗掉錯了藥瓶。而他恩德雷，在那時就可以跑過去問他們了：『記不記得，——你們都給我喫苦頭，羞辱我，戲弄我，我沒有一分鐘的安靜；我的心痛和苦惱，誰都沒有放在心上，現在你們自己來請求我了!? 你們爲什麼欺侮我呢？』

是的，他爲什麼應該忍受這一切呢，爲什麼大家都不愛他呢？ 只不過爲的他是一個最小的學徒。 他很心痛的可憐自己起來了，可憐他自己小時候的生活，可憐他自己的過去，可憐在中學校的那幾年，可憐小孩子時代的玩耍和母親的撫愛。

他低倒了頭，縐着眉頭，努力的熬住了那內心之中燃燒起來的眼淚。

製藥師進來了，他竭力裝出嚴厲的不滿意的樣子，命令大學徒到藥房裏去，叫小學徒也去準備起來。 卡拉謝夫同兩個大學徒跑到藥房裏去了，開開藥櫃門，擺出木架子，白手巾，玻璃瓶，裝藥的杓子，一切都放好，擺好，像每天早上一樣的開始工作。

又暗又高的天花板上，中間排着一盞不動的燈；屋子裏的光線是不充足的，一口大的藥櫃凸出着，光滑的櫃臺上反映着黑暗的光彩，週圍擺着一排一排的白色玻璃瓶，上頭貼了黑色的標題，一股混合的藥香的氣味，——這一切看起來，正好配合着那種單調的平靜的煩悶的情緒，這種情緒充滿着這個藥房。

像鏡子似的玻璃門裏，看得見一段馬路和對面的壁板，對過的大門口掛着一塊啤酒店的舊招牌，上面畫着一隻杯子，酒沫在向外潑着。早晨的太陽從那一方面經過藥房的屋頂，很亮，很快樂很親愛的照耀着那塊招牌，排水管，石子路，發着光彩的路燈上的玻璃，對面牆頭上的磚瓦，以及窗子裏雪白的窗簾，——而藥房却在陰暗的一方面。

馬路上的馬車聲同着城市的一般的不斷的聲音，却透過關着的門，送進了藥房內部，這種聲音一忽兒響些，一忽兒低些，窗子外忙亂的人羣來往着，使街上的聲音發生着一種運動和生活，而且不斷地在窗臺上閃過小孩們的帽子。

可是這許多彷彿都和藥房沒有什麼關係似的，在這裏一切都是有秩序的，靜悄悄的，暗淡的。　學徒們都站在那邊，他們的蒼白的臉，表示着很正經的神氣，站在櫃臺邊工作著。　而製藥師也仍舊是站在藥櫃邊不斷的寫着和配着藥。

在長凳上坐着幾個普通人，等着藥。　他們却很注意的看那些玻璃瓶玻璃罐子，藥缸，以及一切特殊的陳設，這些情形使他們發生一種整齊清潔精確的感想，而且使他們覺到藥房和其他機關不同的意義。　他們閒立得無聊，注意著那些穿得很有禮貌很乾淨的年青人在櫃臺邊很快很敏捷很自信的工作著。　每一次有人跑進來的時候，一開門，街上的聲音就彷彿很快活的充滿了整個藥房，但是，門一關上，聲音立刻就打斷了，又重新低下去；仍舊繼續那種不安寧的嘶嘶的響聲。　學徒們看一看進來的人，並不離開自己的工作，仍舊很忙碌的配着藥，關于新來的買主的影象，一下子卽被緊張的工作所消滅了；在他們眼前所閃過的人的樣子，面貌，神氣，以及所穿的衣服，都混成一個總的灰色的印象，發生着一種單調的習慣了的感覺。 只不過年青的姑娘們是在總的灰色的背景之外，她們所閃過的樣子和面貌是年青得可愛和風流。 年青的響亮的聲音叫人聽着有意外的快樂，引得起那種同情和熱心的感覺。 卡拉謝夫，或者其他的學徒，却很親熱的放她們進來，給她們所需要的東西。 門又重新關好，又恢復了過去的灰色的平日的色調，而且一般買主們的面貌都好像成了一個樣子。

每天的時間總是這樣地跑過去，買主們總是這樣一忽兒來一忽兒去，學徒們總是這樣拿架子上的藥瓶，撤撤藥，調調藥，貼貼標記；學徒們和副手們總是這樣的在買主面前裝着很嚴厲很有秩序的樣子；到了只剩着他們自己的時候，他們互相之間罵也來，譏諷也來，笑也來，說說俏皮話，相互爭論起來，他們對於老板和代表老板利益的制藥師，却隱藏着一種固執的仇視的態度。

四

學徒們有時候想出些自己玩耍的事情，尤其謝里曼最會做這類的事，他是最大的學徒。他胖得圓滾滾的，凸着一個大肚子，人很矮小，他笑起來永久是會全身發抖，而且總在想開玩笑。他同卡拉謝夫在一起工作；他做得厭煩起來了，很想玩一套什麽把戲，但是有買主在藥店裏，製藥師也站在藥櫃邊。他就把身體彎下去，好像是到地下去找藥瓶子，其實他在底下一把抓住卡拉謝夫的脚，卡拉謝夫惟恐自己跌倒，也就彎身下去，倒在謝里曼的身上，而且用無情的拳頭捶他的背部腹部腿部頭部。站在櫃臺那邊的買主和製藥師並看不見他倆，他們在地板上相互的抓着，而且十分緊張的，閉緊着嘴不敢喘氣，惟恐自己要叫出來，或者大笑起來。如果製藥師驟然間從櫃臺那邊走過來看見這種情形，那他就立刻要開除他們出藥房，——這種危險使他們的玩耍特別有勁。後來，他們起來了，而且安安靜靜如無其事的重新做起打斷過的工作。買主們不過覺得有些奇怪：爲什麽這兩位學徒的面貌上忽然這樣紅呢。

可是有時候他們的把戲還要厲害。譬如有一次謝里曼偷着一忽兒時間，裝了滿袋的瀉藥片和同樣子的巧格力糖，偷偷的從藥房裏出來走到門外，就把這糖片和藥片沿路分送給遇到的人去喫：馬夫，門房，下女，女廚子，甚至在對面的站崗警察都喫到了；經過兩個鐘頭發覺了他請客的結果，在門外起了一個不可想像的擾亂。那位警察簡直丟了自己的崗位跑走了。幾家人家的主人立刻派人檢查一切的鍋子和暖水壺，以爲這些東西裏有了什麼毒藥。學徒們可時時刻刻跳進材料房去，伏在櫃臺上，臉向着下面，哈哈大笑，笑到像發神經病似的。製藥師罵得很利害；爲什麼他們丟了藥方不做工，想不出他們是在幹些什麼，直到最後才推想到這個把戲是他們鬧出來的。可是製藥師並沒有對老板去告密，他自己也害怕；知道老板並不會感謝他的，因爲他不能夠看管學徒們，自己也有錯處。很單調很憂悶的一天之中，沒有可以散心的，沒有什麼可以喜歡的，也沒有任何精神生活的表現，學徒們就只有做做這種把戲。這種把戲是他們在自己的無聊生活之中起一點兒生趣的唯一辦法。　藥房的生活完全是一種出賣自己的時間和勞動能力的人的生活。　一百個老板之中總有九十九個看着自己的職員只是創辦藥房事業所必需的力量的來源，竭力的要想自己只化最少的費用，而叫他們儘可能的多做工作。　一天十四個鐘頭的工作，沒有一分鐘的空閒；甚至於在很辛苦的，晚上沒有睡覺的值班之後，也沒有可能休息這麼兩三個鐘頭。　他們住的地方只有擱樓上或地窖裏的小房間；他們喫的東西都是些碗脚的剩菜。　藥房老板爲着要使這些賣身的學徒不能夠抱怨，他們定出了一種條例，叫做『藥房學徒，副手，製藥師的工作條例』，——照這種條例，老板就可以支配這些藥房職員，像他們支配玻璃瓶玻璃罐橡木櫃以及藥料一樣。　學徒要有投考製藥師副手的資格，副手要有投考製藥師的資格，都應當做滿三年工作，彷彿是爲着要在實習之中去研究（其實是老板要用廉價的職員）而且在每一個藥房裏面至少要繼續工作六個月，不管這個藥房的生活條件是怎麼樣，

——不然呢，所做的工作就是枉費，不能作數。藥房老板儘可能的利用這個條例來裁減『不安分的份子』。這樣，藥房職員只要有很小的錯誤，甚至於沒有錯誤，就可以有滾蛋的危險，而因爲他沒有做滿六個月，他的名字就立刻在名單上勾消了，雖然離六個月只剩得兩三天，也是一樣；於是乎他能夠有資格投考的時期又要延遲下去，又要重新天天去做那種麻煩的苦工。

學徒方面也就用他們自己手裏所有的一切方法來改變他們的生活，即使只有很少的一點兒意思，他們也是要幹的；如果不能夠，那末，至少也要想法子來報仇，爲着自己的生活健康幸福而報仇，當然這是不覺悟的報仇。

學徒們不管在怎麼樣難堪的條件之下竭全力要完成六個月的初期的服務。可是，只要過了這個和他的命運有關係的半年，他們立刻就跳出去，尋找較好的服務地方，這個地方應當有的，而且一定要有的，因爲總有些人是在過着人的生活，因爲在舊的地方的生活實在過得太難堪了。

最初時期的新的環境，新的關係，新的同伴，新的買主，——遮蓋着實際情形，彷彿此地的生活表現得有意思些：但是，這不過幾天而已，最多一個星期一個半星期。在這裏，這些青年的身體康健和精力又同樣的要被搾取，又同樣的等待着可惡的疲勞的六個月，那時候又可以跑出這個地獄，到另外好一點的藥房裏去，這種藥房一定要有的。——這樣的情形直到三年爲止。不幸的藥房職員只要在那個時期沒有病倒，沒有生瘮病，沒有好幾十次喫錯毒藥，沒有被藥房老板寃枉或者不寃枉的取消藥房職員的資格，把他的名字從名單上勾消，而能夠靠朋友親戚的幫助，拿出自己很小的薪水的一部分，積蓄起一筆款子，——他就可以跑到有大學校的城市去，餓着肚子來準備考試，最後，經過了一個考試，他就變了藥房副手。然後……… 然後又開始這一套，才可以得到製藥師的資格，這種製藥師的資格，很少有人可以得到的。

爲着要反對老板的公開的直接的權力，什麼都可以做得出來的。假使學徒們有一個小小的可能，他們就得支配賬房錢櫃裏的錢，像支配自己的錢袋一樣；在櫃子裏的香水，貴重的肥皂，以及生髮油等等，他們不管人家需要不需要，而拿出去隨便送人；藥材的耗費要超過所需要的兩三倍，只要一忽兒不注意，他們就立刻把些材料都掉到盆裏去了，這些多餘的材料在材料房裏堆了許多。製藥師和老板要時時刻刻看着他們，這在事實上又是不可能的。

藥房裏內部的生活雖然是這樣的異乎尋常的情形，可是局外人在外表上看來，仍就是很單調而有秩序的。

五

像今天，在買主們的眼光看來，外表上並沒有什麼特別緊張。卡拉謝夫，謝里曼以及別的學徒副手們仍舊是很尋常的很忙碌的在自己的櫃臺邊工作着。可是，這種尋常的環境和機械式的工作，並不能集中他們全部的注意力，而且他們的腦袋並沒有受到環境的束縛，片段的思想和回憶不斷的在他們腦經裏閃過；所閃過的是些什麼呢？ 是關于放假的日子，爭論，打架，夜裏的散步，關于自己將來的命運，幻想最快樂的意外的生活，以及糢糊的希望着能夠換一個環境，換一個地位。

卡拉謝夫一方面在漏斗裏濾着渾濁的液汁，這種液汁已經發着亮光一滴一滴的掉到玻璃瓶裏去，另一方面他正在想着——『我做了副手，有人借我五百個盧布去租一個藥房，出賣些便宜的藥，——只要賣得便宜，就是參點兒糞進去也不要緊。 不然呢，養些猪也可以，猪油可以賣到莫斯科去……叫我的那位可憐的受苦的母親同住在一起，可以離開那種窮苦的生活。 這樣的過着好生活！ 到白洛克公司去買輛自行車——兜兜圈子，這倒可以不要喂養它的；——很好：週圍有荒野，有小河，有新鮮的空氣，有碧青的天空，自由自在的坐在那裏吹吹口嘯！』……

他竭力的熬住自己的手發抖，很當心的把瓶裏的藥水倒在漏斗裏去，漏斗裏的水一滴一滴的漏到玻璃瓶裏去，散出發亮的糢糊的斑點。

有人很急忙的進來了，跟着他突然闖進來的街道裏的喧鬧聲，一忽兒又重新退去了，藥房裏的聲音又重新低下去，像人在那裏自言自語似的；這樣一來，使人想起別的地方的自得其樂的生活。

製藥師拿一張藥方放到卡拉謝夫面前。在藥方上寫着『Statum.』，——這就是說要把藥立刻配好，用不着掛號——因爲這是病危的藥方。

卡拉謝夫拿來看了一看，他的思想立刻轉移了。他已經不想着將來的藥房，養猪，坐自行車等等事情了，他拿着梯子很急忙的爬到最高的一格上面，寫着『Opii Croati』。他很快的爬下來，繼續着工作。放在那裏一大堆的藥方惹起了一種催促的感想。

同伴們在旁邊工作着，他們跑來跑去，彎着身子拿這個瓶那個瓶，倒出些藥粉放到極小的天秤上去稱，輕輕的用手指尖敲着，又重新把那些瓶放到原位上去。這些，使人感覺着那種不變的情緒，機械的緊張，以及不知道爲什麼的等待着工作快些做完。

有時候，卡拉謝夫忽然發生着一種不能克服的願望：呸！什麼都要丟掉，不管製藥師，不管藥房，不管世界上的一切藥方，快些披起衣服跑出去混在那些活潑的敏捷的在街道上的人堆裏去，同他們一道去很快活的吸一口新鮮空氣，——這兩天的太陽這樣好，這樣清爽。但是，他繼續做的仍舊是那樣緊張的工作，仍舊要磨着，稱着，撒着藥粉，倒着丸藥。一忽兒又一忽兒的看着那口壁上的掛鐘。一支短針竟是前進得那樣慢，卡拉謝夫心裏推動了它一下，但是，再去一看，它仍舊在老地方。

無論時間去得怎樣慢，可是總在走過去。這時間跟着街上聲音的印象，跟着馬路上的景致，跟着窗口經過的人羣，跟着經常變換的買主，一塊兒走過去，而且跟着工作的順序走下去，疲倦的感覺漸漸的利害起來了。看起來：週圍的整個環境，買主，學徒，櫃子，製藥師，窗門，以及掛在中間的燈，都是慢慢的向前去，走到喫中飯的時候了；喫中飯確有一種特別的意義，——總算一天之中有了一個界限。

一點半了，要想喫中飯，胃裏覺得病態似的收縮起來了。卡拉謝夫忽然想起了不知道什麼人喫掉了恩德溜史卡（一）的早飯，卡拉謝夫也曾經罵過他的。他現在想起來很可憐他，大家都攻擊他，因爲他是個最小學徒，卡拉謝夫一面快快拿了顏色紙包在瓶口上，一面這樣想：『混蛋，他們找着他來攻擊！』

六

平常在下午三點鐘的時候，買主的數目就少下來了。學徒們很疲倦的，肚子也餓了，配着最後的幾張藥方。樓上有人來叫製藥師和副手去喫中飯，他們是同老板在一起喫飯的。

——先生們，白燒兒！——製藥師剛剛進去，最後的買主剛剛走出大門，謝里曼就跑進材料房高聲的叫着。

——去，去！

——喂，列夫琛珂你去！

列夫琛珂很快的爬到最高的架子上，用自造的鑰匙去開那上面的藥廚門，這藥廚裏藏的是酒精，他就拿了一瓶百分之九十五的酒精倒在另外一個玻璃瓶裏，並且在裏面加上櫻桃色的糖蜜和有一點香氣的炭輕油。做成了一種很濃厚的飲料，這種飲料在藥房裏有一種『科學的』名稱叫做『白燒』。

看門的和下女把中飯送來了。學徒們搬好櫈子，都坐在櫃臺的週圍，他們都很快活的等着喝酒。當看門的和下女走出去了之後，謝里曼不知道從什麼地底下拿出那瓶酒來倒在量藥的杯子裏，那杯子至少可以盛大酒盃一盃半。每一個人都很快活的把這滿盃的酒精一下就倒在肚裏去了。燃燒得很利害的感覺，呼吸幾乎被純粹的酒精逼住了，各人的眼精裏發着黑暗，經過一分鐘以後，他們大大地快活起來了，他們大開了話箱。一下子都說起話來了，但是，誰都不聽誰的話。講了許多無恥的

註一：就是恩德雷。——譯者。

笑話，很尖刻的，罵娘罵祖宗的都罵了出來。什麼無聊的工作，互相的排擠，互相的欺侮，和製藥師的衝突的悲哀的等待着休息日的希望，一切一切都忘掉了。大家忽然間在壓迫的環境之中解放了出來；可以使人想得起和藥房生活有關係的那些瓶子盃子罐子等等都喪失了意義，而且現在看起來都沒有什麼意思了，也沒有什麼必要了。站在櫃子上架子上和抽屜裏的這些東西都在偸偸的對着他們看。學徒們把碟子刀子碰得很響，很有胃口的貪喫着，就這麼用手拖着一塊一塊的肉喫，這些肉究竟新鮮不新鮮還是成問題的。大家都趕緊的喫着，因爲買主們會來打斷他們的中飯，而且他們也正在搶菜喫，惟恐別人搶去了。

列夫琛珂忘記了自己今天的受氣，而且沒有原因的哈哈大笑起來，碰他的青白色的面上燃燒着一些病態的紅暈。卡拉謝夫很暗淡地看着壁角，他平常酒喝得愈多就愈加愁悶。可是，謝里曼像鬼一樣的轉來轉去，他提議對于製藥師和副手再來一個把戲，——把蓖麻油放到他們喝茶的盃子裏去，或者再比這種油還要厲害的東西，他自己想起這種把戲的結果，就捧着肚子大笑了。

藥房裏的鈴很急的得郎郎的響了。一種習慣了的感覺，——應當立刻就跳起來跑去放買主們進來，——就把醉意趕跑了，而且一下子出現在眼前的又是從前的環境。每一個人在無意之中覺得自己又在鬬爭的狀況裏面了，這種狀況，是整個藥房生活的條件所造成的。

——卡拉謝夫，難道不聽見嗎？你這個混蛋！

——你去罷，又來了，我值班值了一夜，混蛋！

——謝里曼，你去，要知道人家在那裏等着呢。

——列夫琛珂，你去罷！

列夫琛珂也張開了口表示着反抗的意思，但是，沒有講話，就被他們從材料房裏推了出來。他給了買主所需要的東西，等買主跑出去了，就把一部分的錢放進錢櫃裏去，放得那麽響——使材料房裏的人都聽得着掉錢的響聲；而另外多餘的一部分錢就輕輕的放進自己的袋裏，回到材料房來了。

卡拉謝夫又倒了白燒，大家都喝了。他們都要想再來一次那樣的快活，和痛快的情緒，但是，喝醉酒的第一分鐘的快活已經不能夠再恢復了。頭腦發重了。製藥師和副手快要來了。

——孩子們，卡奇卡來了！

學徒們都擁擠到窗前來看；有一位塗粉點臙脂的『半小姐』在行人道上走過來了。她有點兒蹺脚，看起來，她用盡一切力量要想走得平些。

——蹺脚的女人！

——沒有脚的女人！

——卡奇卡走過來！

謝里曼跳到窗臺上去，並且做出沒有禮貌的手勢。

——孩子們，把卡奇卡——來灌一灌白燒！

她走過了，頭也不抬，可是很得意的樣子，因爲大家都在注意她。

——卡拉謝夫，她在等你呢！

——哪，見什麼鬼！——卡拉謝夫不滿意的說着。大家都釘住了卡拉謝夫。

——立刻叫她到這裏來，聽見嗎？去同她來。

——先生們！她脚蹺得好一點了呢。

——叫她來！

大家拉着卡拉謝夫，而他開始發恨並且罵起來了。同平常一樣，在無意之中玩笑變成了相罵。

藥房裏又來了買主。製藥師與副手喫了中飯走下來了。製藥師立刻指揮他們工作，大家都站到櫃臺旁邊。頭腦裏轟隆隆的響起來了，非常要想躺下來，並且眼睛也要閉下來，眞想去嘗一嘗醉醺醺的騷亂的味兒。

——我發寒熱了，頭在暈着……請准許我……我不能工作——卡拉謝夫走到製藥師的面前說。

製藥師很兇惡的看着他，並且身體湊近了他，可是，卡拉謝夫很小心的輕輕抑止着呼吸，呼出的氣竭力的避開製藥師的臉。

——又喝了酒!? 哼，不知道像什麽東西!……豬玀! 我說過誰都不准拿一滴酒精。

——誰拿呢? 鑰匙在你那裏——卡拉謝夫很粗魯的說了，又重新走到自己的位子裏，故意不留心的把玻璃瓶子和天秤磕碰着，乓乓乒乒的發響。

七

喫中飯以後的時間更拖得長了。太陽從低處傾斜到屋後面，照耀着屋頂和教堂上的十字架，城裏的房屋和街道上面都佈滿了陰影。暗淡的微光在不知不覺中充滿了藥房。在架子上的藥罐和一切東西的棱角却喪失了顯現的狀態，而在精神上印着一種慢性的悲哀，不滿意的混亂的情緒。

卡拉謝夫想起了自己的房間，在他的幻想之中發現了在他房間裏的貧困的環境，一張桌子上堆滿着空的藥瓶，許多醫藥上的書籍和一切零碎的廢物，一張蹺了脚的椅子，床上破爛的粗布被單，並且想到十點鐘之後關了藥房門大家都上樓去的時候，平常總有一種安靜和輕鬆的感覺，這種感覺現在引起了他的一忽兒的幻想。後來，他又記起老板卡爾•伊凡諾維支面上的表示，想起他那走路的神氣，他那白鬍子，常常縐着的灰白眉毛。當他同學徒們講話的時候總是這樣的看着，彷彿在他面前的是一匹頑強的懶惰的馬；這匹馬，應當要拿着鞭子來對付似的。卡爾•伊凡諾維支是一個德國人。卡拉謝夫想——「如果把一切德國人都從俄國趕出去，那時候，或許學徒們在藥房裏的生活就比較的要好些。可是，製藥師不是德國人，而也是一個混蛋。」

卡拉謝夫設想着自己做製藥師的時候，他想得仔仔細細，——想到他將來生活上的一切，他將來要穿什麼衣服，要怎樣走路，怎樣來對付卡爾•伊凡諾維支，怎樣說話，以及怎樣來趕這許多學徒。

半明半暗的光線充滿着藥房，被這光線所引起的情緒已經到了這樣的程度；簡直遮蓋了一切實際情形，雖然他的手還在機械的很快的做着自己的工作，但是，他完全忘記了他自己在什麼地方，忘記了在他的週圍有些什麼東西，——在他的面前完全是一個另外的景像和狀態。當有人叫着了他，問他要什麼東西的時候，這種叫聲才突然把他從幻想中叫囘來，這種幻想是一種疲勞和孤獨的環境所形成的。

看門的跑來，擺着梯子，爬了很久，後來總算點着了燈。那時，窗子上一下子發了暗，而在街道上的路燈也點着了。凡是經過藥店門口的人，只要他走進了從窗子裏射出去的那道亮光，在裏面的人就可以把他看得很清楚，但是，一忽兒他又跑到黑暗裏去了。馬車的聲音漸漸地在城裏低下去了。

到十點鐘還遠得很，卡拉謝夫工作着，一下子又沉醉在他自己的囘憶和幻想中。買主們也是如此的萎縮着，眞的他們也同樣的無聊。好像這樣的時間過不完似的。『最好現在就跑出去，到一個和現在完全不同的環境裏去，爲什麼一切都是這樣呢？如果這樣下去眞要死呢。』

那些事情離得很遠很遠呢，可是，現在不知道爲什麼都想起來了，而且不知不覺的和買主們的無聊的神氣聯系起來，並且和黑暗以及無窮無盡的長夜聯系起來。卡拉謝夫覺得很不舒服，他轉變了一個思想，而想到別方面去了。

一個大學生走到製藥師面前低低地說了一些什麼。製藥師很有禮貌的注意着聽他。大學生制服的大衣，上面釘着白銅鈕扣，學生裝的帽子上有一道藍箍，他嘴巴上的青年人的鬍子剛剛透出皮膚，所有這些驚醒了卡拉謝夫的囘憶，這對于他是非常感傷的。如果能夠換一換生活，他也許現在可以和這位大學生有同樣的地位，也是這樣走到藥房裏來，而且有同樣的自由和不拘束的態度同製藥師講話。卡拉謝夫同他的同伴們都屬于那些不幸的人，——中學校對于這些不幸的人不是母親而是後母了。青年學生之中有極大的百分數就是藥房學徒這一類的人，他們每一年被中學校趕出來，使他們不能夠讀完。

大學生出去了，而製藥師叫卡拉謝夫跑到他面前去，開始檢查他剛剛配完了的藥方。製藥師看看藥方，而卡拉謝夫背誦着，他說『(Sachari)』(糖)………

卡拉謝夫躊躇了一秒鐘。他現在很清楚的囘憶了起來，在藥方裏應該要放乳糖的地方，他放進了普通的糖。『(Sachari last)』(乳糖)——他直接的很有勇氣的對着製藥師的臉堅決的說出了。

『那裏，別怕，這是不會毒死的，我還是不說出來好，如果說出來——又要強迫我重新配一次。』製藥師在紙上打好了印，並且指揮他包好藥瓶。

通常人說——『正確得像在藥房裏一樣，』但是，這太天眞了。服務的職員和應做的工作比較起來，常常覺得職員太少。爲要趕着配藥，他們走來走去的走得很疲勞，而且慌忙的不得了，只要製藥師轉身一下，學徒們就在背後做錯了（至於買主們，他們本來一點兒不知道這些專門技術的）；稱得最正確的只不過最毒的物質。

卡拉謝夫感覺得脚筋抽起來了，腰也酸了。整個身體裏充滿着消沉和疲倦。看起來只想要爬到床上去——立刻就會睡得像死人一樣。現在世界上無論怎樣滿意的事都不能來誘惑的了，只要睡覺，睡覺，睡覺。白天裏，尤其在喫中飯以前，時候過得非常慢，而且疲倦得很。現在看起來，在太陽沒有落山的一天竟不知不覺的過去了；但是黃昏，尤其是晚上，——又像過不完了似的。許多配好的藥方已經拿去了，許多買主已經來過了，而透過黑暗的那些零零落落的路燈的火光，仍舊可以在窗子裏看得見，藥房中間的那盞很大的煤氣燈仍舊點着，學徒們，副手們，買主們仍舊是那麼樣走來走去，他們的臉，衣服和手裏的包裹在晚上的光線之下還有一種特殊的色彩，黑暗的陰影也仍舊一動也不動的躲在壁角落裏和櫥櫃之間，而且最主要的是；——所有這些情形都永久是自然的，必要的，不可避免的。這個晚上，看起來，簡直是無窮無盡的了。

經過半開着的材料房的門，可以看得見恩德雷•列夫琛珂的瘦長的不相稱的身子。他在門和櫃臺之間走來走去，做着很奇怪的手勢，身子低下去，手伸出來，彷彿是在空氣裏指手劃脚的。

坐在藥房裏的人，看着他的動作，覺得可笑而想像不到的；他們都看不見材料房裏到處都掛着繩子，恩德雷是在這些繩子上用阿拉伯膠水把標題紙的一頭粘在上面晾乾。恩德雷在門口走過的時候，在他一方面可以看見兩三個買主的身影，一動不動的坐在椅子上，可以看見在櫃臺後面工作着的學徒，以及一半被藥櫃遮住的製藥師，他老是那麼一個姿勢，一點兒沒有什麼變化的。許多瓶的蓖麻油，亞摩尼亞酒精，白德京藥水，吳利斯林油，現在放在他面前的櫃臺上，叫人得到這一天工作的成績的印象。疲倦之外還加上一種孤獨的感覺；人家做工還有些同伴，而他一天到晚只是一個人在這個骯髒的雜亂的光線很暗的非常悶氣的材料房裏轉來轉去。

八

『……一……二……三……四……九……十！』鐘敲得很準，很清楚，很有勁，明明白白的要大家懂這幾下敲得特別有意義。在這一秒鐘裏面，一切——凡是這一忽兒以前的，工作時間所特別有的，那種影響到整個環境的情調都消滅了；而站着不動的天秤，瓶瓶罐罐，量藥水的杯子，藥櫃，椅子和坐在上面等着的買主，黑暗的窗門，一下子都喪失了自己的表現力量和影響，」——這些東西，在一秒鐘以前，對于學徒們還有那麼利害的力量和影響呢。一種脫卸了勞動責任的感覺，——可以立刻就走的可能，把大家都籠罩着了，使過去一天的印象都模糊了。

買主喪失了自己的威權，他們的身子都彷彿縮小了，比較沒有意義了，比較客氣了。學徒們互相高聲的談話起來了，無拘無束的了。看門的把多餘的燈滅了，站到門口去等最後的幾個買主出去，就好關上門，就好在門旁邊的地板上躺下。開始算錢。值班的副手，表示着不高興的神氣，在半明不暗的材料房的櫃臺上攤開自己的鋪蓋，而其餘的學徒走出藥房，很親熱的很快活很興奮的，沿着黑暗的扶梯上樓去，互相趕着，笑着，說着笑話。

眼睛在烏暗大黑之中，什麼也看不清楚，可是腳步走慣了，自然而然一步一步的走到靠近屋頂的擱樓上去。大家都非常之想要運動一下，熱鬧一下，換一個環境，換一些印象。一分鐘以前還覺得是求不到的幸福——可以躺到床上去睡覺，可以像死人的睡倒一直到早晨，——現在可又消滅得無影無踪了。

狹隘的擁擠的骯髒的擱樓現在充滿着聲音，叫喊和煙氣。 很低的天花板底下，繚繞着青隱隱的動着的一股股的煙氣，這個天花板斜湊着接住屋頂的牆頭，所以誰要走到窗口去，就要低着頭。

學徒們很高聲的講着話，叫喊着，笑着，抽着煙，互相說着刻薄的話。

屋子中間放着一張很小的桌子，上面鋪一塊破氈單，還有一瓶白燒，一段香腸，幾條醃魚，很有味的放在窗臺上。 學徒們很忙碌的脫掉乾淨的上衣，解開白色的硬領和硬袖；如果有誰來看一看擱樓的情形，他簡直要嚇退了：現在已經不是穿得很整齊的青年人，而是些破破爛爛的赤脚鬼。 大家的襯衫是齷齪的，都是破的，一塊一塊的破布掛在同樣齷齪的身體上。 學徒們做着苦工似的工作，只有很少很少的薪水，差不多完全只夠做一套外衣，因爲老板一定要他們在買主面前穿得齊齊整整乾乾淨淨的，而在藥房裏面衣服是很容易壞的，常常要沾着汚點，各種藥水和酸類要侵蝕衣服，因此，要買最必須的襯衣的錢就不夠了。最小的學徒恩德雷穿的一件襯衫已經有一年沒有脫過了，簡直只是一塊破爛的齷齪的布披在他的身上，那一股惡劣的臭氣全靠藥房裏面常有一種氣息遮蓋着，他在這個城裏，沒有一個親人，沒有什麼人來招呼他，一直要等到襯衫完全破爛沒有用了，他才去買一件新的。

大家圍着桌子坐下來，倒着酒就喝起來。一瓶快空了，而大家的臉紅了，眼睛發光了。恩德雷飛紅的臉，他轉動着，給大家分牌。平常在藥房裏大家認爲罵他，趕他，用一切種種方法壓迫他是自己的神聖的責任，而現在的恩德雷可已經不是那樣的恩德雷了。他有一點兒錢，現在別人和他賭錢，大家都是平等的了；他趕緊利用這個地位，笑着，說着。

賭錢是越賭越長久，通常總是這樣的。大家總發生了一種特別的情緒，這是賭錢引起來的：很久的坐着，輸錢的冒險，贏錢的高興，賭的單調，大家移動着脚，搖擺着身子，發出不成句子的聲音，開始哼一隻歌曲，一忽兒又換一隻，沒有哼完，又打斷了。

——發牌了……咦，鬼傢伙，糟了！『咦咿，你，小野果兒，紅草櫻兒，蒲公英兒。』雞心！你有什麼？來了！

擱樓裏很擠很氣悶，抽煙抽得滿屋子都是煙氣。空氣裏面飛着白粉似的灰塵和燈裏的煤氣。白燒的空瓶在桌子底下滾來滾去。到處都是香腸的皮和醃魚的骨頭。時間早已過得半夜了。彷彿是從城裏很遠的地方——上帝才知道究竟是在那裏——只聽得從那黑暗的窗子裏傳進來，很微弱的鐘聲敲了一下，兩下，兩點鐘了。

大家都醉得利害。列夫琛珂輸了，向大家要借錢。

——唔，滾你的蛋！再多我是不給的了。——卡拉謝夫說。

——我還你就是了。

——滾蛋！

——唔，你們都滾罷！

列夫琛珂站起來走了。卡拉謝夫也站起來要走了，他也輸了。只有謝里曼一個人贏的。賭錢的興奮過去了，大家在這個悶氣的滿屋子煙氣的空氣裏，在這個又小又骯髒的屋子裏，都覺得非常之疲倦，非常之衰弱。明天早上七點鐘就要爬起來，重新又是這麼一套。該死的生活！

卡拉謝夫走出去了。腦袋裏面被酒醉和輸錢的感覺擾亂得非常之不舒服，很想要些夜裏的清鮮空氣。似乎覺得失掉了什麼東西，週圍的一切都覺得不是現實的，不是應當有的情形，不是應當佔的地位，而只是暫時的，臨時的。

他站在梯子上聽着。一大座房子裏的人都睡着了，週圍都已經非常的寂靜。他設想往樓下去的扶梯，設想老板的房間——很大的，很寬敞的，桃木地板，彈簧傢具，很高的天花板。那裏現在已經睡着了：老板自己，他的老婆，孩子，僕人。

如果現在下邊的門裏面輕輕的走出那個很漂亮的丫頭安紐塔，而在黑暗裏碰着了他：『呀，誰？』『我……我……。』那又怎麽樣呢？他一定要抓住她的手。卡拉謝夫很緊張的閉住了呼吸，聽着。每一秒鐘他都覺得底下的門在響起來了。然而週圍仍舊是靜悄悄的。他感覺到非常之孤獨。他走到自己的房間裏去，脫掉了衣服躺到床上去，很疲倦的睡着了。

恩德需也睡下了。他早就想好好的睡着，但躺下了之後，無論如何睡不着。受着酒精的毒的腦筋儘在病態的工作着，把睡夢都趕走了，不給他一刻兒安寧。白天裏不以爲意的事情——因爲工作的關係，沒有功夫想到的事情，現在出現在眼睛前面了，引起他的可惜和痛苦。一切都是剛剛相反的：很想要有個人親熱親熱，要幸福，要光明，要清潔，而在回憶之中只有些醜惡的畸形的景象。動作的需要，以及體力上多餘的力量的緊張，——這種只有年青人才有的情形，總在不安寧的要求出路的，

——而對于他，可已經被一天十四小時的工作所吞沒了，被那藥房裏工作的機械，單調，煩悶，經常的謾駡，衝突，對于老板的毒恨和恐懼所吞沒了。酒館子，熱鬧地方，彈子房，家裏的賭牌和『白燒』——燃燒着臟腑的酒精和酒性油。……週圍都是死的，齷齪的，下流的。

爲什麼？

他不能夠答復，他在被窩裏呼吸着，覺着黑暗和狹隘的空間裏空氣都發熱了，要閉住他的呼吸了。呼吸很困難了，他熬了一些時候，可是復來，熬不住了，他才把被窩推開些。窗子，椅子，堆着的衣服，睡在床上的卡拉謝夫的影子，在黑暗裏面似乎現得更清楚了，然而這不過一忽兒的功夫，到了第二分鐘，一切都表現着夜裏的安靜的那種不動不做聲不清楚的樣子。睡不着，想着自己的地位，想着藥房，製藥師，學徒，想着幸福。——遠遠的糢糊的不可幾及的美麗和新鮮，——不給他一刻兒安靜；所有這些很奇怪的和夜裏的環境，和屋子裏的半明不暗的光線，以及沉寂的情景聯系着。　昨天的一天過去了，過去了，就這麼在灰色的單調的日子裏面消失了，只剩下一種憂鬱的感覺，叫人覺得總有些什麼東西缺少似的，而且正是生活之中所必需的東西，於是乎這一天只能夠算是白過，不作數的。

一直到窗子上悄悄有一點兒發亮，窗子在黑暗牆壁中間已經更清楚的顯現出來，而底下路燈裏的火光已經熄了，——他然後睡着。　可是他在夢裏：也在覺着那種單調的永久是仇視的情緒，孤獨，以及一去不再來的時間壓迫着他。

岔道夫

A·綏拉菲摩維支 作

一

——噲！伊凡，快跑，站長叫呢！

伊凡是一個鐵路上的岔道夫，四十歲光景的一個百姓，他的臉是瘦瘦的。疲勞的樣子，滿身沾着煤灰和油膩；他很慌忙的把一把掃雪的掃帚往角落裏一放，立刻跑到值日房裏去了。

——有什麼吩咐？——他筆直的站在門口這樣說着。站長並沒有注意他，繼續在那裏寫字。伊凡筆直的站着，臂膀裏夾了一頂帽子。

他不敢再請問了，同時，在這時候的每一分鐘對于他都是很貴重的：

從今天早晨八點鐘就是他的值班，要做的事很多，要收拾火車站，預備明天過節，要打掃道路，要管理信號機那裏的指路針和鏈條，要擦乾淨所有的洋燈和燈罩，要加洋油，要劈好兩天的柴，預備過節，還要把這些柴搬到火車站上的房子裏去，要收拾頭二等的候車室，——還有許多別的事情應當做的，都在他的腦筋中一件件的想着。已經四點多鐘了，黃昏來了，應當去點着信號機上的火呢。

伊凡把自己的很髒的手放在嘴上，很小心的咳嗽了一聲，爲的要使那位站長來注意他。

——在信號機上的燈還沒有點着嗎？——站長抬起了頭對他說。

——沒有，現在我就去點。

——去點着來。在牛柵裏要弄弄乾淨呢；那牛糞已經堆滿着脚膝了，——從來都不肯照着時間做事的！因此牛的蹄會要發痛呢。

——第五號的貨車過十分鐘就要來了，——伊凡很小心的站着對他說。

——唔，送出車子之後，再去收拾………

——是，是，知道了。

反駁是不能夠的了。伊凡把門帶上了轉身過去，就跑進了洋燈間。在極小的一間房間裏，——小得像櫃子似的，——架子上放着大小不同的二十盞洋燈，都擦得很亮很乾淨的。伊凡就在這裏拿了幾盞放在一隻大鉛皮箱裏，走到信號機那裏去了。

靜悄悄的，冰凍的空氣，風刮着耳朵，刮着臉和手；冬天的黃昏靜悄悄的罩下來，罩在車站的屋子上面，罩在鐵道上面，罩在一般居民的房屋上面。在雪地上的脚步，發出一種瑣碎的聲音。這裏那裏，到處都是一些做完了工作的人影兒來往着，這些人都在那裏等着明天過節的休息，總算可以離開一下那些整天做不完的工作和永遠憂慮的生活。

伊凡從這個信號機跑到那個信號機，把燈放進去。沿着鐵道，這裏和那裏都點着了綠的紅的火，而在天上也同時點着了許許多多的星，在透明的冬天的黃昏裏，閃鑠着，放射着自己的光線。

二

從很遠很遠的火車路上發出了一個單調的拖長而悲傷的聲響：這個聲響停在冰凍的空氣裏面凝結住了。伊凡傾聽了一秒鐘，然後跑到一間小屋子裏抓了風燈和號筒，就盡力的沿着火車路跑到車站外面最遠的那個信號機那裏去，在荒野的雪地之中的那個信號機上面，亮着一顆孤獨的紅星。跑得這樣遠，總算到了信號機。伊凡抓着槓桿，用脚踏着，拔了一拔：那根鏈條軋軋地響了，鐵軌也發着響聲移到了預備軌道上。從遠遠的地方發現了一團烏黑的模糊的怪物，跟着這個怪物漸漸地長大起來了，愈看愈大，好像是從地底下爬出來似的。前面兩隻有火的眼睛閃着；現在已經很明顯的聽得見汽笛的聲音，這個聲音散佈到各處，而在冰凍的空氣裏面凝住了，聽起來，這聲音似乎不會完的了。已經看得出火車了，牠轉彎了，牠的笨重的身體在壓着鐵軌發抖，而那個不可以忍耐的叫聲已經刺到耳朶裏了，但是最後，這聲音打斷了，又短短的叫了三聲。

那時候，伊凡把號筒放在嘴唇上，做出一種特別的樣子，臉孔都脹得通紅。號筒發出那種拖長而尖利的，愁悶而抱怨的聲音，和着汽笛聲，同那火車走進來的轟隆轟隆的聲音互相呼應着。這些聲音使人聽了心都會縮緊呢。它延長得使人絕望——永久是同樣的聲調，在冰凍的黃昏裏面，在平原的雪地裏面，沿着無窮無盡的軌道傳到遙遠的地方去。

看起來，這個號筒的可憐的聲音，彷彿在那裏這樣說：反正沒有什麼緊急的地方要去，在週圍永久是那麼個樣子，在前面的車站，和已經走過的八九十個車站，都是一個樣的，永久是那麼樣的車站的房屋，永久是那麼樣的汽笛聲，月台，站長，職員們，岔開的預備軌道；在那裏，也是一樣的愁悶和煩惱，每個人只管自己的事情，自己的思想，每個人都在等着回家去過節，而又始終等不到，誰也管不着那些現在凍在車廂之間的接車板上的人，以及在那轟隆轟隆開動着的火車頭的器械旁邊，很緊張的望着遠處的人。但是到了後來，那號筒彷彿想起了一個別的念頭，愉快的簡短的吹了三次：嘟……嘟……——嘟？……似乎在說：雖然是愁悶和煩惱，雖然永久都是一個樣子。但是，他們總算可以跑到車站裏去，喝一杯燒酒，喫幾塊不好的鹽魚，烘烘火，同車站上的職員談談話，而到了時候又上車子去了。要知道生活都如此的：勞動，勞動，從這一天到那一天，從這一星期到那一星期，從這一個月到那一個月，從這一年到那一年，也不知道什麼叫休息，那是簡直忘記的了。當你等着了上帝的節日的時候，也彷彿這火車到了很荒僻的車站上，這樣等在那第三條預備軌道上一樣的！

火車頭彷彿聽話起來了，它已經完全衝到了信號機那邊，吹噓着，喘着氣，而牠那鼻孔裏放出來的白沫噴到兩旁邊，鋪在冰凍的沉默的土地上。牠彷彿開始停止運動了，一輛一輛的車箱磕碰着，推動着，緩衝板上發着聲響。伊凡扳着那根槓桿，而火車忙碌着，磕碰着，鋼鐵和鋼鐵互相撞着響着，開始轉彎到那預備軌道上。火車頭走過了信號機，後來，接連的走過一輛一輛的貨車，牠們已走過了二十，三十節了，他們都是這樣衝着，推着的走過去，難得看見幾個工人的人影兒，站在車子上。這是很大的一列裝貨的火車。末了一輛的車子也走過了，牠後面的紅燈，在冰凍的雲霧裏面閃動着。

那個岔道夫追趕着火車，爲的是要把火車移到最後的信號機那邊的别一條預備軌道上去，雖然火車已經走得很慢，而且愈走愈慢了，可是，要追着它是非常之困難的。伊凡喘着氣，覺得自己的脚在發軟了，他追隨在最後的一輛車子的旁邊，沒有力量能夠去握住車輛上的拉手。他去握了兩次，但是凍得發了麻的手始終滑下來，他幾乎跌倒在車輪下面。最後的一次，總算他跳上了車上踏板，拉住了幾分鐘，動也不敢動的握住了拉手，幾幾乎他要呼吸都不可能。火車走得非常慢了，經過車站，月台很沉靜的往後浮動。

岔道夫跳了下來，追過火車，跑向木棚那邊去，這木棚裏滙聚了幾個信號機上的鏈條。——『唉，見鬼！』——他抱怨的說，總算追過了火車頭。他很快的跳進了木棚，那邊豎着一大堆的信號機的槓桿。他在這裏扳了一根，火車就走上了預備軌道，簡直站在田地的旁邊離着車站更遠了；牠應該要他這裏等着，讓郵車過去。岔道夫又把槓桿扳了一扳，把軌道接到大路上去，郵車應該要在這條路上走的。

『唉，現在，可以去洗牛棚去了，』——他這樣決定，他經過車站走向後面的房子裏去。

——你到什麼地方去？——副站長對他說。

——站長命令我，要我去洗牛棚………

——月台爲什麼不去掃呢？

——站長命令要去………洗………

——早就應當做好的，明天要過節，在我們車站裏走都不能走了，骯髒可以堆滿脚膝。現在就去掃！

——是，是，是。

副站長走了，但是他停下來又叫起來了：

——在晚上你要給我拖柴來，要夠兩天用的。不然，你們這些酒鬼，到了過節的那兩天，連尾巴都抓不到了。

——是……是……是。

副站長去了。伊凡拿着掃帚開始掃月台去了——『出奇的事』！——他拿着掃帚使勁的從右邊掃到左邊，自言自語的說，『只有我一個人，現在要劈開來做。就是長出七個頭來也是不夠的……

——唉，伊凡

——有什麼吩咐？——岔道夫說着，跑到行李房的門口去，在那裏站着一位行李房的主任。

——你到什麼地方去了，鬼把你迷住了，發什麼痴還沒有到過節就趕緊去嚼蛆了；到現在，頭等車室裏的燈還沒有點着，客人們已經開始來了，那邊還是烏黑大暗的。不願意做，就滾你的蛋！………

——記是記得的，瓦西里・瓦西里維支。伊凡・彼得洛維支（一）命令我去掃月台；而站長老爺要我去收拾牛棚………

——月台，月台：早就應該做了………現在去點燈罷。

——是………是………是。

伊凡放了掃帚跑到頭等車室去點燈，這裏客人已經聚集了；看他們的神氣和舉動，看他們在屋子裏走來走去付錢給挑夫，伊凡已經看得出他們的樣子是在沉默的等待着節日到來；他們可以離開一下工作和思慮，去休息休息了。

伊凡點了燈，跑到月台，掃好地。總算掃好了月台，他恐怕又有什

註二：副站長的名字——譯者。

麼人要來差遣他，或者還有什麼事要他去做，他就趕緊跑到柴間裏去。劈好的柴是沒有，——要劈起來。伊凡就起勁的做着工作。應該要預備好車站上一切房間裏要用的柴，這還不算：還要劈好些柴送到站長和副站長的竈間去。固然他們自己有用人，本來這些工作不是他一定要做的。——他必需做的，只是看守信號機和鐵道的工作。然而上頭有命令——也就逃不了。伊凡揮着斧頭，哼呵哈呵的劈着柴，柴爿儘着散開來。大堆的柴爿一點點的多起來了。

『應該夠了罷』——他想，爲得要快點做完，快點送出去，他把柴綑做很大的綑頭。但是，當他把綑好了的柴放在背上的時候，他感覺得太多了。他背着很重的柴，彎着背，搖搖擺擺的扶着牆壁和門框走着。他始終不肯丟掉一些，要快些做，要一下子都送完才好。他把四綑送到車站屋子裏去了；可是，在二層樓的站長和副站長那裏，應該還要送去，這是最困難的工作呵。腿在彎下去了，腳在抖着。很緊張的，他勉強的一步一步走上扶梯去，每一分鐘他都在恐怕要連人連柴一起滾下扶梯去。總算他走到了副站長的竈間裏，把柴卸下來。

——爲什麼這樣晚才拿來？我爲着你等在這裏，收拾不完了，地板又不能洗，一切都堆在一起了，——副站長的廚娘迎着伊凡說，這位廚娘最會吵鬧，同人家是合不來的，她有着一個紅鼻子，常常是『上足了火藥的』。(一)

伊凡也發恨起來了。

——是的，你不會早一點囑蛆，早一點叫喊的麼，什麼晚不晚！我是應該替你受氣的，還是什麼？

——嘿，你，這個酒鬼！嘿，你，這個倒霉的傢伙！你這個鬼東西，咒你這個該殺的，該殺的，一萬個該殺的！以後，我不准你這個爛畜牲的嘴臉上我的門檻！是的，我立刻就告訴東家……——廚娘做

註一：『上足了火藥』是『發氣』，『起勁』的意思——譯者。

出一種很堅決的姿勢要走進房間去。

伊凡怕起來了。

——馬克里達，史披里多諾夫娜，請原諒……… 我對你，要曉得，總是很敬重的，我很高興……… 我來幫你把洗的東西拿出去，好不好？

還沒有等她的回答，他就拿了盆子跑去倒掉了水，那位史披里多諾夫娜就軟下來了。

——唔，拿水來罷。

伊凡拿了水。

——要燒茶壺的柴劈一劈罷？ 過節的日子，就沒有功夫了。

『唔，蠻橫的婆娘，拿她有什麼辦法。』 ——伊凡劈着柴，想着『上帝，人家氣都喘不過來，她還要……… 一點也沒有辦法：她要去告訴的。』

他做完了，嘴裏咕哩咕嚕的說着：『把人來當作馬騎了』，就走到牛棚裏去，在那裏，站長的牛站着，牠似乎很感傷的在那裏嚼着胃裏反出來的東西，很冷淡的對着走進去的伊凡看看。

喂，木頭！——伊凡叫了一聲，——你這個艸包，旋轉身來！他用着鐵鏟子用力的在牛身上一打，那隻老實的牛移動了一下，舉起了他那受着傷的一隻脚。伊凡就開始作工了，他發狠的搬着牛糞。

——這樣多的牛糞從什麼地方來的！只曉得貪喫，拉屎。要是多給些牛奶還不用說了，不然簡直是枉喫了這些草料。卽使給我鍍了金，我也不願意養這樣的畜生。站長是……怕在市場上牛奶太少嗎？只要有錢，去買好了。養這樣的貪喫貨，牠要把你喫窮了。只要看一看牛糞就堆了這樣多！呵……呵……這個怪物要殺死你才好！

他又用鏟子狠心的打着那隻並沒有犯什麼罪的牛，那牛也不知道爲什麼牠要受着這樣的處罰，牠只是避到牆壁那邊去。

伊凡的汗都流出來了，他覺得非常之疲倦，疲倦得再不能工作下去的樣子；但是，應該要做完它的，不然，眞要命了。

總算把糞搬完了。 伊凡又在牛身上打了兩下，才把鏟子放在壁角落裏，跑到車站上去了。

三

剛才到的貨車上的看車夫，在雜貨攤的桌子旁邊烘茶壺。 伊凡跑到桌子邊，拿了一杯燒酒，喝了，咳着嗽，咬着一塊有臭氣的鹽魚，他另外又買了一瓶酒，爲的要到家裏去好好的過一過節。 把那瓶酒塞在袋裏，他就跑到那間木棚裏去，拿鎖匙和錘子，要在郵車未到之前去看一看鐵軌，他走着又停下來了，想了一想：假使把酒帶了去呢，那末可以打碎了這瓶高貴的酒，如果放在這木棚裏呢，那末換班的人會發見的，並且一定要偷去的，——他的鼻子像狗一樣的靈。 「把酒送回家裏去罷」，——伊凡决定了，離開鐵路很急忙的就跑，從鐵路跑到那間小房子有三十碼光景，在那裏亮着的小窗子似乎正在歡迎他。

伊凡在窗子裏望了一望：小房裏一個大火爐常常是很髒的，不舒服的，瓶瓶罐罐擠做一堆，還有一切家常的廢物，——現在已經收拾好了，地板上已經刷過，牆壁也刷白了，佔了半房間的火爐上面畫着藍色的雄雞，在壁角前面神像底下的那張粗蠢的桌子上面，蓋着很清潔的桌布。在神像那裏，點着蠟燭，發閃的光照着很低的天花板，藍色的雄鷄和小孩子們的光頭。伊凡有八個小孩；有一個還在搖籃裏搖着。

孩子們很焦急的等着父親囘家喫夜飯，雖然他們的頭已經向下垂着儘在打盹了。這些藍色的雄雞，刷白了的牆壁，攤着的桌布，——一切一切給了伊凡一種休息和安寧的感覺，這休息和安寧是在等着他。

他敲着那窗門，主婦出來了。

——什麼人？——她看着天上微弱的星光而問道。

——拿去，放在木棚裏要給別人偷去的。

——難道你值班完了嗎？

——沒有，現在就要去看鐵軌的。

——値班之後，不要長久的坐在那裏，小孩們要睡覺了。

——過半點鐘就來，一下子郵車就要來了——送走了這班郵車我就囘家。

伊凡重新趕快的跑到鐵路那裏去，拿着手提燈照着，拿鎚子敲敲，沿着軌道走去，旋旋活動了的螺絲釘。他看看信號機，試試信號機的鏈子——一切都很好的，——他就跑到車站上去了。

四

沉重的一列郵車，用着兩個車頭，很響的轟隆轟隆的開過來了。雪的旋風在他的車輪之下捲着，一股股的黑烟從他的車頭的兩個烟通裏噴出來，兩邊的白汽噴到很遠的地方，車子裏的人都擠得緊緊的。管車的人從這輛跑到那一輛的走着，收着票子。在前面車頭上的汽笛很粗魯的叫了起來。

旅客們拿下了架子上面的箱子，包裹，捲好了枕頭，火車開始停下來了。車輪上的制動機軋緊來，發出了咭哩卡拉的響聲。

火車剛剛走近月台，伊凡照着站長的指示敲了第一次的鐘，——在此地只不過停車兩分鐘，——他很快的跑進了行李車箱裏，立刻就拖出在此地下車的旅客們的行李。

他用盡力量搬出箱子皮包等等，尋找所需要的號碼，把背下來的行李放在小貨車上，送到行李房去。

——伊凡，你見了什麼鬼！第二次的鐘聲呢，人家給你說……

小小的鐘聲很明白的敲了兩次。

——快跑，把開車記號拿出去！

岔道夫拿了『記號』，推開別人，沿着月台跑到火車頭那邊去。火車很長，要經過整列車子，才趕得着火車頭。司機工人從自己的位置上彎出身子來，接了伊凡手上的『記號』。伊凡跑得喘氣了。

——第三次！……——他感覺得他的心在跳着，他重新跑到鐘邊敲了三下。總管車把叫子一吹，車頭上的汽笛發怒似的不願意似的叫了起來。火車就向前一衝，發出了鐵響的聲音，開始走動了。月台向後面退，而那些車子搖動着，——輪子很合拍子似的敲着鐵軌，——一輛一輛的沿着軌道開過去了。

伊凡可以輕鬆的透一口氣了。他是隔一天值一次班的。每次在晚上十點鐘的時候，總是那樣的要把自己劈開來才來得及：要卸下行李，要敲鐘，要拿開車記號給司機工人，要跑過去開開信號機，這是說：他每次所做的工作至少應當分作兩個人做的事。這樣的工作，他已經繼續做了二十二年。

這二十二年把他的精力都喫光了。他覺得他自己僅僅能夠做的，而且將要終生終世做的，就只有這些：——跑到信號機那邊扳動信號，敲敲鐘，點點燈；他認爲這些工作是最容易的最適當的最好的工作了。他感覺得除此之外，他也沒有別的能力，沒有別的用處了。他有八個孩子，而他每一個月只得到十五個盧布。因此他在跑到信號機，送出火車，點着洋油燈，收拾牛棚，打掃月台的時候，他總帶着一個同樣的思想和同樣的感覺：就是恐怖着——『沒有什麼做錯的罷，沒有什麼做得不謹愼的罷，沒有什麼意外的事發生罷。』二十二年的工作做得他這個樣子的了：『或許可以換一個環境』的念頭，從來沒有跑到他的腦袋裏去過。除出鐵路上的工作日程，車站，軌道，月台之外，對于他是什麼也沒有的了。在晚上十點鐘送出郵車之後，他的値班完了，只在這個時候他可以輕鬆的透一口氣，壓在他背上的恐怖，和等待着什麼不平的事會發生的重擔，可以離開他了。

今天就到了這時候了，當火車走過月台之後伊凡就感覺異乎尋常的疲倦，這種疲倦當他在値班之後常常會有的。他感覺得這個時候，他的那一副重擔總算卸下了，他舉起了右手正要在胸口劃十字(一)，忽然他的手凝住了，一個恐怖的思想燒着他的心頭：當送走貨車之後，他忘記把信號機的槓桿扳到大軌道上來，郵車現在要走這條大軌道了。整個的恐怖，整個的責任心的絕望抓住了他，他拋了帽子，帶着蒼白的臉色，趕快往前追趕那邊遠遠的，正在走的火車後面的紅燈。

已經遲了！……　呵，呵，在淡白的黃昏的夜色裏，在軌道上兩個不動的凶惡的巨大的東西要相撞了，要發出震聾的大聲，衝向天空去了，而且不像人的叫喊要充滿冰凍的冬天的夜晚。

爲的要避免聽見這種聲音，伊凡就跑到在旁邊的一條軌道上面去，——沿着這條路在這個時候正走着一個預備車頭。他喘着氣，他跑到那裏倒在一條鐵軌上，——走近來的車頭上的很亮的反射燈，正照耀着這條鐵軌。

在這幾秒鐘之內，他生活裏的一切，他被反射燈照耀進去了，站在他前面的，是今天一天的『完結』：值班……　月台……　燈……

柴……牛……有藍色的雄雞的壁爐……孩子的光頭，決定命運的信號機！………

在這個非常緊張的時候，忽然在他面前很奇異的很清楚的記起來了：他扳過了信號機，扳到了大軌上去了的………我的上帝，他把信號機放得好好的！………他記錯了，而且郵車也很平安的沿着大軌道走過去了………

伊凡絕望的喊了一聲，用盡力量要從軌道上滾開去，但是，在這最短的一秒鐘，車頭已經衝來了，整個的鋼鐵，燒紅了的煤和………都在他的身上捲過，而截斷了他的呼吸。

五

預備車頭上的司機，站在自己的位置上，望着前面迎上來的，被很亮的光照耀着的軌道。一個一個信號機閃過去。他拉着汽笛叫了幾聲。

註一：希臘正教的禮節，一般的俄國人都常常做的——譯者。

輪子在交叉路上碰着軌道發出轉動的聲音，綠色的燈火閃了過去，木棚在黑暗裏現了出來，一忽兒又不看見了。他忽然間像發狂似的跑到調節機那邊，而且叫出了好像不是自己的聲音：『停車』，而副手自己也已經用盡了一切力量扳着煞車機的機關，要把車停下來。

——上帝呀，有什麼人軋死了呢！……

煞車的制動機和車輪都發出了響聲，水蒸氣從開開的管子裏飛出來了。從車頭下面發出了一種非人的叫喊：『阿唷』……一下子沒有了聲音了。車頭還衝了丈把路才停止下來。

司機工人和副手都跳了下來，在底下看不見什麼，在黑暗之中很大的風刮過眼睛。副手跑去拿了風燈照了一下：看見在鐵軌中間，擺着軋斷了的兩個脚掌，在車頭之下的輪子外面，看得出有一個人在那裏。

——看呀，軋死了人，聖母娘娘……

副手到過了車站上，許多人跑來了。車頭向後退了一些。有人側着身體去看那躺着的人：

——死了！

大家都靜默着脫了帽子，劃着十字。伊凡動也不動的躺在軌道中間。他的頭很不自然的曲在旁邊，突出了眼睛。風燈的環子套在他右手上面，手腕上已經裂開的皮膚一直勒到了肩膀上，像一隻血的袖子，手臂已經在肩頭那邊拗斷了，彎在頭的後面，而左邊的肋骨深深的壓進了胸膛。

在羣衆之中聽得很低很愼重的說話：他們在問着，爲什麼發生這種不幸的事，是不是他喝了酒，機器壓上他的時候，他叫了沒有？什麼人都不能夠解答出來。

——這只有我看見了的，——司機工人震動得連聲音都變了，他對週圍的人說，——我看見信號機上的燈光閃動着；我想要立刻停車了；剛要轉身過來，一看他在那裏，在風燈的旁邊……　我叫了……　上帝：

……而他叫得………我眼睛裏發黑了，明知道在車頭之下有個人在那裏，但是我一點也沒有辦法了………——司機的聲音打斷了。

一陣風吹過來了，響動着，一股白雪捲過來散在死人和站着的人的身上。在車頭上壓住的蒸氣，嚇人的沸騰起來。司機的走到車上自己的位置裏，扳了一扳機器上的柄：蒸氣突然的衝在底下了，和暖的溫氣裏住了大家。

——他走過去，自己都沒有想到，大約他是走到信號機那裏去的；車頭滾在他上面了。

——你看那個號筒都壓得這個樣子；他自己大概被風燈札住了，身子轉了過來，不然他會軋成兩半個呢。

一下子又恢復了沉默。風又捲起了一陣雪，響動着。

——叫人去報告站長沒有？

——剛才去了。

——他的老婆會大哭——還有八個小孩子呢。

從車站裏出現了燈光，在黑暗中已經看得見人們的側影。站長跑來了。一堆的人羣散開了一下。站長把職員手裏的風燈拿過去，照了一照死人的身體：在一忽兒，那亮光閃過站在那裏的集中注意的人們的臉上，閃過鐵路的軌道和枕木，落到了受苦的變相的死人臉上。不會動了的死人的眼睛突出在那裏。站長微微的轉身了一下，命令他們收拾屍體，放到空的車子裏去。

拿了板床來；抬起了屍首；他已經僵了，軋斷了的手一點沒有氣力的垂下了，宕着。

——怎麼呢，得拿齊了………抬的人之中有一個很謹愼的說，——彷彿說不出似的。

——在那裏，——副手指着那黑地裏。

一個人拿着燈沿着軌道向前走了幾步，看得見他在那裏，低下身去揀了什麼起來，回轉身來很注意的把軋斷了的脚放在板床上。

死人抬走了，放到了空車子裏，這輛空車子很孤獨的站在預備軌道上。

在當地出事的紀錄裏面這樣寫着：『十一月某日在某某站的鐵路上，夜裏十一點鐘，五號預備車頭開進車廠的時候，軋死了一個自己不小心的值班的岔道夫，農民(一)伊凡・葛臘西莫夫・彼里帕莎夫——沃爾洛夫省，狄美央諾夫區，烏里英諾村人。

六

早上十點鐘以後，大家在月台上散步，他們在等待着火車；此地已經接到了電報，說火車已經從前一站開出來了。旅客們拿好了箱子包裹籃子從車站的客堂裏出來，走到鐵道那邊的月台上去，都望着火車要來的那一方面。憲兵們的馬靴上的靴刺響着，他們很小心的帶着懷疑的望着週圍。裝行李的小車沿着水門汀路拉過來，推開了來往的行人。灌油的小工拿着長長的錘子和漏斗，很急忙的跑來，雖然很冷，他還只穿着一件沾着油跡的，沒有帶子的藍布短衫。站長走出來了，是很胖的一位老爺，戴着紅色的帽子和金絲邊的眼鏡，頭稍稍向上仰着，看起來，他是一位時常發慣命令的人。

在這個時候，一個女人從人堆裏穿出來，她不斷的望着，彷彿她要找尋什麼人似的。她的臉和眼睛都是紅的；在稀少的睫毛上面，在發腫了的彷彿少許有點擦破了的太陽穴上面，堆着孤苦的眼淚，直流下來。她竭力的要想熬住它，用包頭布的邊緣不斷的揩着，時常把眼睛躲在包頭布後面。但是她一見了站長，熬不住的眼淚就從她的眼睛裏落了下來，她走到他前面，揑緊了在手裏的包頭布按着嘴巴，像要說什麼，但是她熬不

註一：帝俄時代「農民」在公文上是一種身份的稱呼，一般的總有「農民」某某，「市民」某某，「貴族」某某的頭銜；不論資本家，工人，醫生，………都有這種指明「出身的身份」的稱呼。——譯者。

住了，忽然間意外的哭聲，充滿了車站，因此大家都無意中的來看她，站長很不好意思的稍微蹙着額，皺着眉頭：

——爲什麼這個樣子，你爲什麼，老太婆？

——呀……呀……上帝，軋……殺……軋……殺……

週圍的人都來看了，一個跟一個的伸長了頸項，竭力去看站長和哭喊着的老太婆。

——她爲什麼哭？——互相的問着。

——昨天這裏有個人軋死了，他們這樣的說。

『穿得清潔』些的人離開了，遠遠的看着發生着的事件。

——爲什麼是這個樣子呢？

——昨天死的岔道夫的老婆，——在胸前掛着銅牌子的一位瘦長的職工對着站長解說。

——你要怎麼樣？ 老太婆？

——我的天老爺……現在怎麽辦？……想也想不到的。猜也猜不到的……他昨天值班時候還奔囘去了一次……說就來……就來呵……呵……——當她說着丈夫說『就來』的時候，她又熬不住了；她兩隻手捧着自己的瘦小的胸膛，像發精神病似的號哭起來了。

——跟我來！——站長叫她，他向車站裏走去，要使那女人離開羣衆。

她跟在他的後面，低着頭，仍舊那樣的抽搐的哭着。

——你究竟要什麽，幫助你些什麽？

——老爺，現在，我同這些沒有了父親的小孩子，怎樣辦呢，飯都沒有喫……求你開開恩，鐵路局裏能不能夠幫助我點什麽呢？

站長從袋裏拿出錢包，給了女人三個盧布。

——這是我自己拿出來的，懂嗎？我給的，用我私人的資格給的，隨便罷，當作別個人給的也一樣；而鐵路局裏一點都不給的，它不負這樣的責任的。——你的丈夫是自己不小心，軋死的。他不小心，懂了嗎？鐵路局是不負這樣事件的責任的。

——我們怎樣辦呢？……聽說可以請求撫卹費的，不然，我同小孩子們只好餓死……基督上帝請求你，開開恩罷，不要不理我……——

給你說過了：鐵路局不負這個責任的。你解說給她聽，——站長對着走過來的一位管車的說，——局裏是一點都不給的。當然的，可以去上訴，但是沒有什麼用處的，不過枉化金錢和時間罷了。

站長出去了，女人站在原來的地方，她的哭聲咽住了，她在發抖。不斷的用包布頭擦着眼睛和紅的溼的臉。

——唔，怎麼，亞列克謝耶夫娜，現在走罷，站長說過不能夠，是不能夠的了。他自己能夠幫助多少，已經給了你，總算是好人，路局方面是不負責任的。要是這是路局不好，那自然可以上訴的，可是現在這樣是沒有辦法的了。唔，走罷，走罷，亞列克謝耶夫娜，火車馬上就要來了。

她一點不做聲的走了，站在月台上的人，看見她沿着鐵路走過去，一個憲兵對她說：『走過去，走過去，——火車立刻來了。』後來她從鐵軌旁邊走下去了。在那時候，她的包頭布還從車站園子裏的枯樹裏閃過，後來她就消滅在最後的幾棵樹的外面了。

革命的英雄們

D•孚爾瑪諾夫 作

一九二〇年的八月初，烏蘭該爾(一)派了幾千他的精兵從克里木向古班方面去。指揮這個部隊的是烏拉該——烏蘭該爾的最親密的同事的一個。這計劃的目的，是在鼓動古班哥薩克，來反對蘇維埃政權，仗了他們的幫助，將這推翻，並且安排由海道運送糧食到克里木去。白軍在阿梭夫海岸的三處地方上了陸，自由自在地前進。沒有人來阻礙他們的進行，他們挨次將村莊占領。于是漸漸逼近了這地方的中樞，克拉斯諾達爾市了。

古班就紛擾起來。第九軍的各聯隊，好像刺毛似的布滿了各處，還編成了工農自衛團和義勇兵的部隊。獨有克拉斯諾達爾市，却在這不太平時候，準備了六千自願參加戰鬬的勞動者！

烏拉該的部隊向前進行，又得意又放心，一面天天等着哥薩克的發生暴動，成千的，而且成萬的來幫他們。他們等待着義勇的哥薩克聯隊，他們等待着紅軍後方的恐怖行爲，他們等待着援軍，敵人的崩潰和消滅。然而什麼也沒有發現。哥薩克們因爲經過了內戰的長期考試的磨鍊，都明白紅軍的實力和蘇維埃政府的穩固，不會相信烏拉該的冒險的成功了。所以他們就非常平靜，毫不想到忙着去幫白系將軍去。自然，有錢的哥薩克們，是不很歡迎糧食稅的，他們也不高興禁止自由買賣和貧農的無限的需索——但是雖然有這些的不滿，他們却不敢再像一九一八年那樣，對于有力的蘇維埃政府去反抗了。但事情卽使是這樣，白軍的侵入却還是很厲害。于是大家就必須趕緊將敵軍防止，對峙起來，並且用

註一：白軍的將軍——譯者。

竭力的一擊，將他們消滅。

『不是趕走——而是消滅。』那時託羅茨基命令說。古班便即拚命的準備，要來執行這新的重要的任務了。

到八月底，敵人離古班地方的首都克拉斯諾達爾市，已只四五十啓羅密達(一)了。這時便來了託羅茨基。議定許多新的緊急的策略，以排除逼近的危險。後來成了最重要的那一個策略，也就包含在這些裏面的。一隊的赤色別動隊(二)，派到敵軍的後方去了。紅軍的一小隊，是用船從古班河往下走，以衝敵軍的背後。他們須下航一百五十啓羅密達，纔能到烏拉該的司令部。同志郭甫久鶴(三)被任爲別動隊司令，大家又推我當了兵站部的委員。

我們的任務，是在突然之間，出乎意料之外的給敵軍一下打擊，使他們出不得頭，發生一種恐怖——簡短的說，就是要給他們碰一個大釘子。

計劃是成功了。

古班的內海上，停着三條船：『先知伊里亞』，『蓋達瑪克』和『慈善家』。都是很壞的匣兒，又舊，又破爛。好容易，一個鐘頭纔能前進七啓羅到八啓羅。我們這赤色別動隊，就得坐在這些船和四隻拖船上，向敵軍的後方去。

海岸上面，整天充滿着異常的活動。必須在幾個鐘頭內，將兵丁編好，武裝起來，並且準備着行軍。又得搬運糧食，而且還有事，是修理那些老朽的——對不起得很——船隻。摩托車來來去去的飛馳，騎馬的從岸邊跑進市裏去，我們所有的兩尊礮，也發着大聲搬下去了。裝着小

註一：1 km.約中國三百三十丈——譯者。

註二：屬于別動隊的，又編成一個小隊，用船送到某一方面去，以備在該地方施行戰鬪的行動——作者。

註三：Kovtiuch，即『鐵流』中所描寫的『郭如鶴』，實有其人，今尚在——譯者。

麥，糧草和軍器的車子，鬧嚷嚷的滾來。到了一隊赤衞軍，率領的是一個沒有見過的司令，他們立刻抓起那裝得沈墊墊的袋子和箱子，駝在肩上，運下船去，消失在冷藏庫的黑洞裏了。搬彈藥箱總是兩個人，更其沈重的就四個。很小心的拿，很小心的搬，很小心的放在冷藏庫裏面——司令叫過的：要小心！不要落下了彈藥！但在搬運那大個子的羅宋麵包的時候，却有的是歡笑和高興了。牠就像皮球一般，從這人拋到那人的手裏。這傳遞麵包于是也成了比賽，都想顯出自己的適當和敏捷來。重有二十磅的大麵包，也常常拋在那正在想些什麼，沒有注意的青年的頭上，但便由他的鄰人，早經含了嘲笑，看着這有趣事情的接住了。

有一回，一個人站在跳板上打了打呵欠，他的帽子就被誰打在水裏了，看見的人們都大笑起來。『這是風暴呵，』有一個說，『這是連衣服都會給剝去的。』

『你獃什麼呀，趕快浮過去罷，還不算遲哩。』別一個說，還有第三個想顯顯他的滑稽，便指着船道，『試一試罷，你坐了船去，該能撈着的。』 自從出了這件事，我們這些傢伙便都除下了帽子。站在岸邊的就將牠抛在地面上，別的人們是藏在衣袋裏，塞在皮帶下或另外什麼處所去了。

裝貨還沒有完。新的部隊開到了，是活潑而有趣的隊伍。他們隨即散開，夾在人叢中，而且也隨即開始了跑，拉，罵和笑。

手裏捏着工作器具，工人從工場裏跑來了，他們說着笑話，和赤衞軍談着天，也就消失在船的肚子裏。岸上到處是小販女人賣着西瓜。多汁的成熟的西瓜。矮小的少年，又幹練，又機靈，嚷着，叫着，到處奔跑，用唱歌似的聲音兜售着煙捲。閑散的看客，好事的昏人，在岸邊站成圍牆，莫名其妙的在窺探，無論那里都塞進他的鼻子去，發出愚問，竭力的打聽，並且想從我們這里探些底細去。如果他們看飽了，就跑到市上，去散布最沒常識的消息，還要確證那些事情的眞確，是他在那里實在

『親眼看見』的。

不消說，這里是也有偵探的，但他們也參不透這顯得堂皇而且明白的準備的祕密。——很堂皇，很明白，然而却是很祕密。這些船開到那里去，這些船裝的是什麼人，開這些船爲了什麼事，在大家都是一個祕密。連我們的司令，我們負着責任的同事們，也沒有完全知道的。

我們工作的成功的第一條件，是嚴重的守祕密。祕密是必須十分小心的保守起來的，因爲倘使在克拉斯諾達爾市裏有誰一知道——三個鐘頭以內，烏拉該的司令部也就知道了。爲什麼呢，爲的是在內戰時候，白系的哥薩克們已經清清楚楚的懂得了運用他們的『哥薩克式烏松苦拉克』（烏松苦拉克是這地方的一種習慣之稱，有人一知道什麼事，便立刻告知他的鄰居，即使他住的有好幾啓羅密達之遠，也前去通報。契爾吉斯人如果得到一點消息，便跳上他的馬，向廣闊的平原，危險的山路飛跑而去，雖是完全不關緊要的事件，在很短的時間中，連極荒僻的處所也早已知道了）。 假使烏拉該預先曉得一點我們的登陸的事，那麼我們的計劃就不値一文爛鉛錢。 他馬上會安排好『客氣的招待』，用幾個水雷，十枝或十五枝鎗，一兩尊礮，古班河便成了我們大家的墳墓了。 因爲在狹窄的河裏，想逃命是做不到的。

祕密被嚴守了下去。

好事之徒的質問，在一無所知的人們的莫名其妙的嘮叨話上撞碎了。戰士呢——是既不想聽新聞，也毫沒有什麼牽掛。 只有尖鼻子而滿臉雀斑的礮兵柯久奔珂，問過一次他的鄰人道：『去救，救什麼？』 『這很明白，總不是自己。』 那鄰人不滿足似的打斷了他的問。 交談也就完結了。

紅軍士兵全是童話樣的人物。 彼此很相像。 都是義勇勞動者，工人團的團員，黨和青年團的同志。 一句話——是青年，能和他們去幹最重大的計劃的。

我們一共有鎗八百枝，長刀九十柄，機關鎗十架和輕的野戰礮兩尊。是一枝小小的，但是精練的部隊。

午後——不到四點鐘——開拔的準備統統齊全了。裝着彈藥的最末的一個箱子已經搬下，摩托車裝在艙面上，跑得乏極了的馬匹也都繫好，人們就只在等候醫藥品。然而關于這東西，是總不過一件傷心故事的。等來等去，到底等不到。于是我們也就出發了，幾乎毫沒有什麼藥品和綳帶材料的準備。

跳板抽回到汽船和拖船上，溼漉漉的骯髒的繩索也拉起了，一切已經準備好……

小販女人將賣剩的西瓜裝進袋子裏，抗在肩上，恨恨的罵着走掉了。岸上空虛起來，打着呵欠的人堆都紛紛迸散。拖船上面，拋滿着大堆的鞍橋，袋子，繩索，馬草，西瓜，背囊和皮包，我們的戰士都勉強擠在空隙中，躺的有，坐的有——鎮靜，坦白，而且開心。

一隻貨船裏，克拉斯諾達爾的年紀最大的共產青年團的團員介涅同志，掛下了兩條腿，直接坐在艙面上。他排字爲業，是十八歲的青年。臉相是上等的，長一雙亮晶晶的聰明的眼。他拉得一手好胡琴，跳舞也很出色，還會用了好聽的聲音，自由自在地出神地唱歌。『康索譔爾的介涅』是就要被送到藝術學校去，在那裏受教育，培植他出色的才能的。然而恰恰來了烏拉該，再沒有工夫學——只得打仗了。這青年却毫不躊躕，拋棄了他的夙願——勇敢而高興地去當了義勇軍。當在康索譔爾慕集義勇軍的時候，他首先去報名，絲毫也沒有疑慮。倒相反——提起了所有的他的感情，他的意志，他的思想，在等候着強大的異乎尋常的事件。他還沒有上過陣，所以這事在他便覺得很特別，而且想得出神了。

介涅不作聲，唾在水裏，詫異似的看着小魚怎樣地在喫他白白的牛乳一般的唾沫。他背後蹲着水手萊夫・錫覺德庚。眼睛好像貓頭鷹，又圓，又亮，平常大概是和善的，但有必要時，就冷酷得像鐵一樣。剪光的頭，寬闊的露出的胸脯，曬得銅似的發黑。錫覺德庚默默的四顧，噴出香煙的煙氣，像一朵大雲，將拳頭放在自己的膝髁上……

靠着他的脚，躺在乾草堆上的，是一個勇敢的騎兵，黑色捲頭髮的檀鞠克，是很優雅的白俄羅斯人。在這船上，檀鞠克所最寶貴的東西，是他的黑馬。這馬叫作『由希』。他爲什麼叫牠由希的呢，却連他自己也說不出——但這一點是確鑿的，因爲檀鞠克如果『由希——由希——由希』的連叫起來，就彷彿聽到他非常愛聽的口笛一樣。他也就拍手，跳躍，舞蹈，一切東西，對于他都變成愉快的跳舞和口笛了。這負過兩回傷的『由希』，曾經好幾回救了牠那白皙的騎士的性命，即使哥薩克用快馬來追的時候，牠還是給他保得平安。檀鞠克坐着，圓睜了眼睛，正在氣喘吁吁的咬喫一個大西瓜，向旁邊吐掉着瓜子。

他的身旁站着曲波忒——騎兵中隊長。是一條莽大漢，那全體，就如健康和精力所造就似的。在他的生涯中，已經經歷過許多事。不幸的家庭生活，一生的窮苦，飢餓，還有從這市鎮到那市鎮，從這村落到那村落的長久的彷徨。從大俄羅斯的這一邊境到那一邊境。然而沒有東西能夠降伏他，沒有東西侵蝕了他那老是暢快的心境，他的興致，可以說是慶祝時節一般的人生觀。他對什麼也不低頭，什麼也不會使他覺得喫重，什麼也不能使他做起來怕爲難。

這漢子，令人看去就好像一向沒有喫過苦，倒是終生大抵是一篇高高興興的，很少苦惱的歷史一樣。

他的眼光很澄明，他的優雅的臉很坦白。而敢于擔任重大工作的創造底歡欣，一切都帶着生活底興趣和堅強不屈的意志，來灌注了他性格的全體。曲波忒站着在微笑——確是覺得自己的思想的有趣了罷。他是能夠這樣地凝眺着古班的河流，站立許多時候的。

還有那短小的，滿臉雀斑的柯久奔珂也在這處所。是一個瘦削的，不見得出色的傢伙，如果用了他那又低又濁的聲音一說話，他就顯得更加渺小了。這可憐人是有肺病的，而這可怕的病又一天一天的逼緊起來，好像要扼死他一樣。雖然也曾醫治過，然而並不久——暫時的，斷續的，而且是錯的。柯久奔珂明白着自己的苦惱。他知道自己的日子是有限的了，每當獨自一個的時候，他就悲傷，憂鬱，想來想去。但一到社會裏，有許多伙伴圍繞他，他却多說話，而且也愛說話了。對于所有的人，一切的事，他都來辯論，總想仗了自己比別人喊得還要響，壓倒了對手，來貫澈自己的主張。然而他是眞意，是好心，使人們也不會覺得討厭。如果激昂起來，他就『發吼』——正如曲波忒給他的說法所起的名目那樣。于是別人便都住了口，給他靜下去。大家是因爲對他有着愛情，所以這樣子的，在臉上，可都現着一種譏諷的熬住的微笑。

『咄，鬼，靜靜的。』檀鞠克一看見他的由希正要去咬旁邊的一匹閹馬的時候，忽然叫了起來。

由希站定了，回轉頭來，彷彿在想那說給牠的『話語』似的，將牠的又熱又軟的耳朵動了幾回，便離開了那匹馬。

『你瞧！』檀鞠克得勝似的大聲說。

『什麼「你瞧」呀，』曲波忒含着嘲弄的微笑，回問道。

『你沒有看見牠是懂得話語的麼？』

『我沒有看見。牠只還是先前那樣站着罷咧。』曲波忒戲弄着他，說。

『牠想咬了哩，你這昏蛋！』

『那是都在想咬的，』錫覺德庚用了很誠懇的態度，說明道。

暫時充滿了深的沈默。

『同志們，』介湼忽然轉過臉來了，『一匹馬和牠的主人弄熟了，他的話就全部懂，這眞是的麼？』

『你剛纔就看見了的。』檀鞠克便開始說。

『自然，』曲波忒發起吼來——打斷了檀鞠克的話。『如果你說一句「走開去」罷，他會用了馬掌鐵，就在你肚子上狠狠的給一下的。要不這樣，牠纔是懂得一切的話語。而且，卽使………』

『唉唉，那自然，同志們，牠懂得！』柯久奔珂夾進來了。『不過總得給牠食料。馬只要從誰得到燕麥，牠也就服從誰………是的！只對這人，對別的誰都不。實在是這樣的，例如我的父親有一匹黑馬，他們倆是好朋友。那馬給我的老頭子是騎得的，可是對于鄰居——那姓名不管他罷——哦，安梯普，牠却給在手上咬了一口……… 但是遇見父親呢，牠可就像一隻羊。』

『這是一定的，』介涅附和着他說。『誰給牠食料，牠也就愛誰。愛會懂得一切的。你打牠一下看，你以爲牠不懂得麼？牠很懂得的！牠就惱怒你。就是馬，也會不高興的呀。然而倘若你摩摩牠的鬃毛，那麼牠就「笑」，靜靜的，還求人再得這麼幹。那里，那里，兄弟，牠是什麼都懂得的。』

『不錯，一點不錯，』檀鞠克和他聯成一氣了。

岸上走着一個姑娘。她的頭是用玫瑰色布裹起來的。她向船上看，像在尋誰模樣。

『喂，杜浧——格盧浧，』曲波忒叫喊道，『我在這里呀！你還找誰呢？』

那娃兒笑着走遠了。

『爲了我們的出行，你連手帕也不搖一下子麼？』他笑着，又叫喊說。

『她連看你一看也不願意。』錫覺德庚辯難道。

『就是討厭你罷咧。』那來的回答說。

『哦，你自己可長得眞漂亮啊，你這老疲馬。』

大家都笑了起來。

『介浧，聽哪，』柯久奔珂說，『我去拿我的手風琴來。你肯唱幾句麼？』

介涅表示着願意，柯久奔珂却已經消失在箱子和袋子中間，立刻拿着一個大的手風琴回來了。 他一下子坐在一段木料上，就動手，爲了要調絃，照例是這麼拉那麼拉的弄了幾分鐘，發着些不知什麼的音響。

『哪，我得拉什麼調子呢？』 他很愛新鮮似的去問介涅。 他那姿勢，看去也恰如疑問符號的一般。

『隨你的便………　我是都可以的。』

『那麼，我們來唱「斯典加•拉句(一)歌」罷。』

『我一個人可是不唱這個的，』介涅說，『你們得來相幫。』

『來罷，』曲波忒和檀鞠克同時說。

介涅唱起來了。 開初很低，好像他先得試一試，來合一下歌辭似的，于是就總是高上去………

他站起身，轉臉向着河流。 他的唱，不是爲着圍繞住他的人們的，倒是爲了古班的波浪。

手風琴的伴奏却不行。柯久奔珂簡直是不會拉的，但這也一點不要緊。介涅唱出歌詞來，柯久奔珂便傾聽着他那淸越響亮的聲音，剛要動手來『伴奏』，可已經是太晚了。我們靑年們合齊了怒吼般的聲音，和唱那歌詞的後半篇。因此柯久奔珂的藝術便完全失了功效。貨船上的人們都來圍住了歌人，一同唱着大家知道的那一段。介涅開頭道：

在伏爾迦的大潮頭上，

通過了狹窄的山島之門，

于是就吼出強有力的聲音來了：

在彩畫斑斕的船隻上，

來到了斯典加•拉旬的兵們。

在這刹那間，船就搖動起來。毫沒有聲響，也不打招呼，汽船拖了

註1：Stenka Rasin，見第1篇『苦蓬』註——譯者。

那些貨船開走了。

船隻成了長串，彷彿強大的怪物一樣，沿河而去。這情景，頗有些莊嚴，但同時也可怕。一個部隊開走了——到敵軍的後方去……

並沒有人分明知道，但前去要有什麼緊要的和重大的事，卻因了準備的模樣，誰都已經覺得，領會了的。泊在岸邊的時候，瀰漫着汽船和拖船裏的無憂無慮的開心，現在已將位置讓給深遠的，緊張而鎮靜的沈思了。這並不是怯，也不是怕，大約便是對于就要到來的大事件的一種無意識的精神底準備罷。在飄忽而含着意思的眼光上，在迅速而帶着神經性的舉動上，在忍住而且稀少的言語上——在一切上，人都覺得有一種什麼新的東西在，是船隻泊在岸邊的時候所完全沒有的。這心情只是滋長起來，我們愈前進，牠也就愈強大，並且漸漸的成爲焦躁的期待的樣子了。

在汽船上，比在拖船上知道得多一點，大家都聚到艙面上來了，用手指點着各方面，高聲的在談論，敵人現在該在什麼處所呀，那里有着什麼什麼沼澤呀，大道和小路是怎麼走的呀……

古班河轉了彎，蜿蜒在碧綠的兩岸之間了。我們已經經過了科爾涅珂夫的墳墓——不過是一座很小的土堆，就在岸邊。然而這卻是誰都知道的歷史的勝迹！這岸上曾經滿流過鮮血。每一片地，都用了激烈的戰鬪所奪來。每一片地，都由紅軍用了寶貴的鮮血所買進，每一步每一步，都送過將士的性命的。

部隊不住的向前進。

哥薩克的荒村，烏黑的影畫似的散布在遠地裏了。樹林却那里都望不見。無論向什麼地方看過去——田野，牧場，水。有幾處滿生着綠得非常的很肥的草兒。此外就全都長些蘆葦。但末後連這也少見起來。天快要到晚上了。

八月的夜，逐漸的昏黑下去。河岸已經消失，在那里，只看見水邊有着奇特的夜霧的縱紋。既沒有草兒和蘆葦，也沒有小樹叢——什麼都看不見了。船隊慢慢的在前進。最前頭是一隻小汽船，彎曲着，旋轉着，好像狗兒在生氣的主人面前一樣。牠的任務，是在聽取一切，察看一切，知道一切，並且將一切預先來報告。尤其緊要的是那船員要十分留心，不給我們碰在水雷上。

在這第一夜還不怕有大危險。但到早晨，我們是必須到達離克拉斯諾達爾七八十啓羅密達的哥薩克村斯拉文斯基的。斯拉文斯基屬于紅軍，所以直到那地方的兩岸，也當然是紅色的。然而這最末的推測，却也許靠不住，因爲敵人的熟悉一切大路和間道，就像自己的背心上的口袋一樣，往往繞到我們的後方，在我們沒有料到的處所出現。現在就會在我們剛纔經過的岸上遇見，也說不定的。然而很平靜。我們在船上聽不見鎗聲和喧囂。人只聽得汽船的輪葉下水聲拍拍，有時戰馬因爲被不安靜的近鄰擠醒，嘶鳴幾聲罷了。

艙面上空虛了。人們都進了船艙，一聲不響。誰也不高興說話。有的在打盹，一遇衝撞就跳了起來，有的坐着，凝視了溼的玻璃窗，一枝一枝的在吸煙捲。拖船上也都靜悄悄。紅色戰士們靠了袋子，馬鞍，或是互相倚靠了睡着了。打鼾，講夢話，好像在比賽誰能更加高聲和給人『銘記』似的。閉上眼睛，傾聽着這無雙的合奏，倒也是很有趣，很奇特的事。從冷藏庫裏，則傳出些低微的呻吟和囈語——然而這在艙面上却幾乎聽不見，在岸上就簡直完全聽不見了。

我們的紅色船隊總在向前進。

一到深暗從地面揭開，東方顯現了曙色的時候，我們到了斯拉文斯基了。先前這河上有一座很大的鐵路橋，直通那哥薩克的村子。白軍一知道他們的地位已經絕望，不再有什麼用處，便將這橋炸毀了。橋體雖然墜下水，橋柱却還在，而且和歪斜了的中間的柱子，造成了一個尖角。我們這些船現在就得走過這三角去。這可並不是容易事，因爲四邊的河水是很淺的。這麼一來，我們的工作就儘夠了。一直弄到晚。一切都得測量，精細的計算和思慮。有句俄國的諺語，說是，人必須量七回，下一剪。我們也遵奉了牠的指教，每一步，就查三回。于是出發的準備全都停當了。在斯拉文斯基，我們還要得到援助，加進新的戰士去。現在已經幾乎有了一千五百人。我們添補了一點食料和軍火，仍然向前走。將全部隊分爲三隊，每隊都舉好各別的司令。在我們前途的是什麼，我們在夜間所等候的是什麼，都儘量說給他們了。將近黃昏，我們就悄悄的離了岸。哥薩克村裏，也沒有人知道我們的開拔。這村子，是用士兵包圍起來，給誰都不能進出的。但在這地方也保住了祕密。

祕密是救了紅色別動隊的性命的。

從斯拉文斯基到烏拉該的司令部，還得下航七十啓羅密達去。這就足夠整一夜了。 我們的航海，是這樣地算定的，沒有天明，便到目的地，因爲我們須利用夜霧登陸，當一切全在睡覺的時候，驀地闖了出來。應該給敵人喫一個襲擊，而我們是完全出乎意料之外地出現的。

這最末的一夜，在參加遠征的人們，怕是終生不會忘記的罷。 到斯拉文斯基爲止，我們沒有什麼大害怕，這原是揑在我們手裏的地方，卽使岸上有些敵人，也不過偶然的事。 然而在這滿生在低溼的河岸上的蘆葦和樹叢之間，却到處有敵軍的哨兵出沒。 我們在這里很可以遇見猛烈的襲擊的。 所以地位就格外的危險，我們必須有最大的警備。 當開船之前，各隊的司令都聚在河岸上，還悤悤的開了一個軍事會議。 那姓名和達曼軍分不開的司令者，同志郭甫久鶴就在這裏面。 郭甫久鶴是在一九一八至一九這兩年間，引着這嘗了說不盡的苦楚的不幸的軍隊，由險峻的山路，救出了敵軍的重圍的。 古班，尤其是達曼的人們，都以特別的愛，記憶着司令葉必凡．郭甫久鶴。 他是一個哥薩克村裏的貧農的兒子，當內戰時候，連他所有的極少的一點東西也失掉了。他的家被白軍所焚燒，家私遭了搶掠。郭甫久鶴便手裏拿了鎗，加入了全革命。他已經立過許多功。這囘也就是。古班陷在危險裏了。必須有人渡到敵人的後方，將自已的性命和危險的事情打成一片，來實行一囘莽撞的，幾乎是發狂一般的計劃。誰幹得這事呢？該選出誰來呢？這脚色，自然是同志郭甫久鶴了。體格堅強，略有些矮胖，廣闊的肩身，他生成便是一個司令。他那一部大大的紅鬍子，好像除了幫他思索之外，就再沒有什麼別的任務了，因爲郭甫久鶴每當想着事情的時候，總是撚着那鬍子，彷彿要從臉上拔牠下來的一般。在決定底的瞬息間，他整個人便是一個思想。他不大說話了，他單是命令，指揮。他也是屬于那些在人民的記憶上，是有着作爲半童話的，幻想的人物而生活下去的運命的人們這一類的。他的名字，已經和最荒唐的故事連結起來了，紅色的達曼哥薩克人，也將這用在所有的大事件裏。

郭甫久鶴站在岸上，不知不覺的在將他那大部的紅鬍子撚着，拔着。他身邊站着他最高的，也是最好的幫手珂伐略夫。爲了刮傷，他滿臉扭曲到不成樣，下巴歪向一邊，上嘴唇是撕裂了的。珂伐略夫經歷了多少回戰鬪和流血的肉搏，多少回揑着長刀的襲擊，連自己也數不清了。他也記不清自己曾經負過幾回傷。大概是十二到十五回罷。我不知道他的全身上可有一處完好，沒有遭過礮彈片，鎗彈，或者至少是土塊所『輕輕的碰着』了的。這樣的人，怎麼會活下去，就令人簡直莫名其妙。瘦削身材，一副不健康的蒼白的臉，滿繞着柔輭的黑鬍子，他顯出戰士的眞的形相來。尤其顯得分明的，是在他的對于無論什麼計劃，即使很危險，也總要一同去幹的準備上，在他的嚴峻的規律上，在他的人格的高尙和他的勇敢上。當兵的義務他雖然完全沒有了，但他還不能抛掉來幫我們打仗，全然是出于自願地來和我們合作的。到後來，我看見他當戰鬪中也還是很高興，冷靜而且鎮定，恰如平常一樣。重大的事件，他總是用了一樣的勇敢去辦好的，但後來報告起來，却彷彿是一件不值得說的工作。珂伐略夫一般的並不惹眼而却是眞實的英雄，在我們紅軍裏頗不少。但他們都很謙虛，很少講起自己，不出鋒頭而且總是站在後面的。

和珂伐略夫對面，站着礮兵隊長庫勒培克同志。後來我在激戰之際，這纔認識了他。當我們別動隊全體的命運懸于他個人的果決和勇敢的時候，當我們全盤形勢的鑰匙捏在他手裏的時候，他顯出他的本領來了。眞令人歆羨他那種如此堅決的意志，如此的純熟和舒齊。令人歆羨他的強硬和堅固，與其說是人，倒更像石頭一樣。但如果看起他來，他就彷彿一匹穿了制服的山羊，連聲音也是山羊——微弱，尖利而且枯嗄。

在場的還有兩三個司令們。會議也並不久，因爲一切都已經在前天想妥，決定的了。

『叫康特拉來，』郭甫久鶴命令道。

這名字便由人們傳叫開去了。

又穩又快的跑來了康特拉。

『我在這里，做什麼事呀？』

單是看見這年青人，就令人覺得快活。他的眼裏閃着英氣，手是放在他那彎曲的小長刀的刀柄上。白色的皮帽子，快要滑到頸子上去了。寬闊的乾淨的前額，明亮而伶俐的眼睛。

『聽哪，康特拉，』郭甫久鶴說，『你該知道的罷，我們就要動手的事情，是很險的。你只消一望，到處都是敵。沼澤裏，小路上，蘆葦和樹叢裏，到處埋伏着敵人的哨兵。你熟悉這一帶地方麼？』

『誰會比我熟悉呢，』康特拉笑着說。『這地方到海爲止，全是些沼澤和田野。沒有一處我不知道的地方。我曾經各處都走過的……』

『那麼，就是了，』郭甫久鶴說，『我們沒有多工夫來細想。開船的準備已經停當了。你去挑出兩打很出色的人來，並且和他們……

啡！』郭甫久鶴便吹一聲口哨，用手指指點着很不確定的處所。

「懂得了……』

『那麼，如果你已經懂得，我們就用不着多說。拿了兵官的制服，銀釦，肩章去——出發罷。我們全都準備在這里了。去罷！』郭甫久鶴向了離他不遠，站着的一個人說。那人當卽跑掉了，立刻也就囘來，拿着一個小小的包裹。

『拿這個去，』郭甫久鶴將包裹交給康特拉，說，『但要快。您一走，您就穿起這些來罷，但在這里却不行的。你挑一個好小子，給他十個人，教他們到左岸去，那里是不很危險的。你自己就在右岸，還得小心，什麼也不要放過。如果有點什麼事，你就發一個信號。你知道我們這邊的信號的。你要在河的近地。』

『懂了。』

『那麼，你要知道，如果你不能將兩岸辦妥，你就簡直用不着囘來……』

『是的，我可以去了麼？……』

『是的，去罷，好好的幹……』

康特拉忽然跑掉了，正如他的忽然跑來一樣，而且不消多少工夫，就備好了馬匹。馬匹和人們，又都立刻聚成一堆，分爲兩隊，也就全都跑掉了。人只見康特拉和二十五個青年用快跑在前進。

別一隊是向左岸去的，我看見曲波忒在他們的前頭。這巨人似的，強有力的大個子的哥薩克，跨在自己的黑馬上，就好像一塊岩石。他的近旁是介涅，孱弱的瘦削的青年，草莖一般伏在馬的鬣毛上。士兵們都在船上目送着遠去的伙伴。沈默而且誠懇。他們什麼也不問。他們什麼也不想人來通知。一切都明明白白的，淸淸楚楚的。沒有人笑，也沒有人開玩笑。

康特拉跑了一個啓羅密達牢，便跳下馬來，對他的部下道：『你們的制服在這里，大家分起來罷，可不要爭頭銜。』人們打開了包裹，從中取出白軍的勳章，肩章和鈕子，帽章和別的附屬品來，五分鐘後，已經再也看不出我們紅色哥薩克了。康特拉也打扮了一下，變成一個兵官，很認眞，但也有點可笑。尤其是他試來擺擺官相的時候，大家便都笑起來了。因爲他就像披着駝鳥毛的鳥鴉。

黃昏還沒有將牠的地位讓給暗夜，但我們的哨兵該當經過的道路，却已經幾乎辨不出來。大家又上了馬向前進………

『兒郎們，』康特拉說，『不要吸煙，不要打嚏，不要咳嗽，要幹得好像全沒有你們在這里的一樣。』

大家很靜的前進。靜悄悄的，連馬匹的脚步怎樣地在溼的軟泥裏一起一落的蹄聲，也只隱隱約約地聽見。馬脚又往往陷入泥濘裏去，必須給牠拔起。有人前去尋找更好的道路去了。這樣地進行了一個鐘頭，兩個鐘頭，三個………沒有遇到一個人。是死了的夜。那里都聽不到一點生命的聲音。在蘆葦裏，在山谷裏，都是寂靜。沼澤上罩着昏暗的望不見對面的霧氣。

但且住！——遠遠地聽到聲響了。是先前沒有聽到過的聲音，彷彿是電話線的呻吟。也許是泉水罷，也許是小河罷……

康特拉停住了，大家也跟着他停下。康特拉向傳來聲響的那方面，轉過耳朵去，于是將頭靠在地上，這回可分明地知道了那是人聲。

『準備着！』下了靜悄悄的命令。

大家的手都捏住了刀柄，慢慢地前進……

已經清清楚楚地看見了六個騎兵的輪廓。他們正向着康特拉跑來。

『誰在那里！』那邊叱咤道。

『站住！』康特拉叫道，『那里的部隊？』

『亞歷舍夫軍團。』……『你們呢？』

『凱薩諾維支的守備隊。』

騎兵跑近來了，一看見康特拉的肩章，便恭恭敬敬的向部隊行一個敬禮。

『放哨麼？』康特拉問。

『是的，放哨。』……『不過也沒有什麼一定。誰會在夜裏跑進這樣的地方來呢？』

『四邊也沒有人，我們已經跑了十五啓羅密達了。』

在這瞬間，我們一伙就緊緊的圍住了敵人的部隊……

還問答了幾句。知道他們的一兩啓羅密達之後，還有着哨兵。沈默了一會。康特拉的輕輕的一聲『幹！』就長刀閃爍起來了………

五分鐘後，戰鬬已經完結。

于是大家仍舊向前走，其次的敵人的哨兵，也得了一樣的收場………

勇敢的康特拉，只領着一枝小小的隊伍，遇見了六個敵人的哨兵，就這樣地連一個也沒有給他跑掉。

曲波忒也遇到了兩個哨兵，他們的運命也一樣。只在第二回却幾乎要倒楣。一個負傷的白軍騎兵的馬匹忽然奔跑起來，險些兒給逃走了。覺得省不掉，就送給牠一粒子彈。

這曲波忒的鎗聲，我們在船上聽到了，大家就都加了警戒。我們以爲前哨戰已經開頭，因此敵人全都知道一切了。他是一定能夠實行規則的。大家就站在艙面上，等候着信號。我們不斷的在等候，康特拉或者曲波忒就要發來的——然而沒有。岸上是墳地一般靜。什麼也聽不見。直到天明，我們整夜的醒在艙面上，大家都以爲蘆葦在微微的動彈，大家都覺得聽到些兵器的聲響，有一個很是神經質的同志，還好像連高聲的說話也聽見了。河岸很近，人已經可以分別出蘆蕩和田野來。

『我想，那地方有着什麼，』一個人凝視着沿岸一帶，指給他的鄰人，開口說。

『什麼也沒有。胡說白道。』

但他也不由的向那邊凝視，說道：『但是，且慢…………是呵，是呵………好像真是的…………』

『你以爲那不像鎗刺在動麼？』

『是的是的，我也這麼想…………仔細的看一看罷——，但是，看哪，這邊的是什麼——這邊，都是鎗刺呀，還有那邊——還有這邊…………』

『喂，濮子，可全是蘆葦呵………動得這麼慢！』

于是他不去看岸上了，但這也不過一貶眼間的事。接着又從新的開頭………鎗刺………鎗………士兵，兵器聲，說話聲。這一夜是充滿了可怕的陰鬱的騷擾。誰都願意抑制了自己，平靜下來。然而誰也尋不着平靜。表面的平靜，是大家能夠保住的。臉色，言語，舉動——這些冷靜而且泰然自若——但心臟却跳得很快，很強，頭也因爲充滿了飛速的發射出來的思想，快要炸裂了。大家都在開始思索着一切辦得到的，倒不如說，一切辦不到的計劃。如果從蘆葦叢中放出鎗來，可怎麼辦，如果大礮從岸上向我們吐出炸彈來，又怎麼辦——教人怎麼對付呢？………

假定了許多事，想出了許多辦法。然而在這樣的境地裏，毫沒有得救的希望，却是誰都明白的。小河裏面，笨重的船簡直不能迴轉，再向前走罷，那就是將頭更加伸進圈套裏去了。但是人得怎麼辦呢？

這些事是大家一致的，就是應該趕快的登陸，抽掉了跳板，動手來格鬪………

然而『動手來格鬪』，說說是容易的。我們剛要上岸，敵人就會用了他的鎗礮，將我們送進河裏去。我們的戰士們怎樣的擠在汽船和拖船上，聚成一堆，他在岸上可以看得明明白白。大家都沒有睡覺。自從離開了斯拉文斯基以後，他們都不能合眼。司令們將這回的計劃連着那一切的危險和困難，統統說給他們了。教人怎麼會睡覺。在這樣的夜裏，睡覺比什麼都煩難。在這樣的夜裏，是睜着眼睛，眼光不知不覺地只凝視着暗地裏的。很緊很緊的擠在船的所有角落裏，低聲談起天來了。

『冷……』

『吹一吹拳頭罷——那就暖了。』

『只要能吹起來——哪，如果有人給我們在岸上吹起（喇叭）來，可眞就暖了哩。』那士兵于是轉臉向了岸邊，用眼睛示着敵人的方向。

『他門近麼？』

『鬼知道——……人說，他們在岸上到處跑着的。人說過，他們就躱在這些蘆葦叢裏的——也有人去尋去了。』

『那麼，誰呢？』

『康特拉出去了！』

『哦哦，這很不錯，他是連個個窟窿都知道的！』

『唔，這小子又能幹！』

『我很知道他的。在戰場上的時候，他就得到過三個聖喬治勳章了。』

『但是我覺得——這里沒有八——太靜了！』

『他們也不會在發吼的——你這昏蛋！』

『他們却會開鎗呀——那就完了！』

『不——我想，還沒有從康特拉聽到什麼的！』

『怎麼想聽到這些呢。連一隻飛機也還沒有飛來哩。』

『這倒是眞的。哦，總之，孩子，爲什麼沒有飛機到這里來的呀。』

『爲什麼沒有——牠是麻雀似的飛來飛去的。先前牠總停在市鎭裏，要太陽出山之前牠纔飛出來。你也看牠不見的，這很明白。』

『唔，究竟牠爲什麼在飛着的。我簡直一點不懂，這東西怎麼會飛起來。』

『那可我也不知道。恐怕是從下面吸上蒸汽去的罷。』

「你可有一點煙草麼？」

「吩咐過的，不准吸煙！」

「哦哦，那是不錯的——但我想，這樣的藏在拳頭裏，就沒有人覺得了。」

立刻有三四個人的聲音提出反對的話來，沒有許他吸煙草。

「我們就到麼？」

「到那里？」

「喏，我們應當上陸的地方呀！」

「哪，如果我們應當上陸，那麼我們就一定是到了！」

就這樣地從一個問題拉到別個去。字句和字句聯起來——完全是偶然的——完全是無意識的。

船總在向前進。船隊幾乎沒有聲響的移動着。

天亮了起來，暗霧向空中收上去了——第一隻船靠了岸。另外的就一隻一隻的接着牠，架在岸邊的爛泥裏，那里都滿生着走也走不過的雜草和蘆葦。

離哥薩克村只還有兩啓羅密達了。河岸很平坦，我們的前面展開着一條寬闊的山谷，給兵士們來排隊，是非常出色的。據熟悉這一帶地勢的人說，要在全古班找一個登陸的處所，沒有比這里再好的了。連忙架起跳板，在驚人的飛速中，大家就都上了岸。我們剛剛踏着地面，就呼吸得很舒服，因爲我們已經不在水面上——各個騎兵和狙擊兵，在這里都能夠防衞他的性命，而且誰也不至于白白的送死了。大礮拉了上去，馬匹牽了出來，司令們教部隊排了隊，神經過敏也消失了。牠換上了冷靜的嚴肅的決心。一切做得很勤快，快到要令人奇怪，這些人們怎麼會這樣的趕緊。但我們戰士們却都知道，在這樣的境地裏，趕緊和迅速，是必要的。騎馬的司令們，圍住了郭甫久鶴和我。在路上囑咐了兩三句，大家就各歸了自己的隊伍，一切都妥當了。襲擊的命令一下，騎兵就開了快步，步兵的隊伍是慢慢地前進。

介浧受了任務，是橫過哥薩克村的街道去，將一切看個分明。　他像鳥兒一般飛過了園地和樹林，門窗全都關着的人家，廣場和教堂——他橫斷了全村子，已經帶着『一切照常』這一個令人高興的報告回來了。　倘要解釋這奇怪的『一切照常』的意思，那就是說，這受了死的洗禮的哥薩克村，都正在熟睡。　牠一點也沒有豫防，一點也沒有猜出。　幾處的街角上有哨兵在打盹，用了渴睡的眼望着飛馳的介浧，好像以爲他是從前線跑來的傳令。　居民也睡得很熟。　不過偶或看見彎腰曲背的哥薩克老婆子，提了水桶跕着脚趾走到井邊去。　介浧又看見一架飛機，停在教堂旁邊的廣場上。　在一所大房子的籬笆後面，介浧還見到兩輛機器脚踏車和一輛摩托車。

他很疲乏，喘着氣，述說過一切的時候，大家就都明白，我們是在沒有人覺察之中，到了村子了。

全盤的行動，所打算的就只在完全不及豫防而且出乎意料之外的給敵軍一個打擊。襲擊必須使他們驚惶，但同時也應該使敵人受一種印象，好像對面是強大的隊伍的大勢力，出色的武器，還帶着強有力的礮隊一般。所以我們也要安排下埋伏，不意的小戰鬪和襲擊。這樣幹去，敵人就以爲四面受了包圍，陷于絕望的地位了。出乎意料之外的打擊這一種印象，這時是必須扮演決定底的脚色的。

山谷的盡頭，就在哥薩克村的前面，還有幾塊沒有燒掉的蘆田。這塱是無論如何總是走不過，我們就只得遶一點路。

登陸，準備，排隊，向着哥薩克村的前進，給化去了兩點鐘。但敵人呢——睡覺又睡覺，總不肯醒過來。霧氣已經逐漸的收上去了，只在河面上還罩着厚厚的看不穿的面幕。

河在這里轉了彎，直向亞秋耶夫市，于是流到海裏去。

右岸有一條軍道，是通着村子的。我們的部隊的一部份，就利用了這軍道，走到村背後了。向這方面，又派了曲波忒所帶領的騎兵中隊去，那任務，是在敵軍倘要向亞秋耶夫退走，就來抵當牠。部隊的各部份，那行動是這樣地布置了的，就是從各方面，但又同時走到村子，開起鎗來。我們的大礮也必須同時開始了行動。

屯在村裏的敵軍，也許看着情形，對我們會有強硬的抵抗。這很可怕，因為他們是有優秀的戰鬬性質的。他們裏面，靠不住的只有被捕的紅軍。村裏有凱薩諾維支將軍的軍團的一部份，亞歷舍夫將軍的聯隊，也是這將軍的豫備大隊，古班狙擊兵聯隊，其中有着兩個士官學校的學生。這之外，村裏又駐紮有烏拉該的司令部和他的一切的枝隊，還有各種小司令部以及白軍後方的官員。而且我們還應該防備村人的敵對的舉動，因為這哥薩克村，和我們是很不要好的。

不到早晨七點鐘，部隊臨近了哥薩克村的時候，第一礮發響了。同時也開始了劈耳的轟擊。大礮的雷鳴合着機關鎗的爆響和步鎗的聲響，成爲震聾耳朶的合奏了。士兵們直衝過去。摸不着頭腦的敵人，完全發了昏，連一點的防禦也不能布置。向着我們的胡亂開鎗，也不能給我們絲毫損害。紅軍的步兵不住的前進，愈加壓迫着敵軍，將街道一條一條的前進了。到得市中央，我們這纔遇見那準備了一點防禦的敵。當這處所，帶領我們的部隊的是珂伐略夫。在這一瞬息間，躊躕一下就有怎麼危險，他是很明白的。他知道，敵人的恐怖，是能夠消失的，那麼，要收拾了他，就不是一件容易事。在這樣的瞬息間，要得成功，就只要一個堅定而深沈的司令，他用的確的處置，制住驚慌的人們，他很快的悟出戰鬥的意義，並且捏住了勝利的鑰匙是在那地方。恐怖，是大概因爲百來個人發命令，既然很隨便，而且常常完全相反，這纔增加起來的。一種辦法和別種相矛盾，爲了着忙，發些只使事情爲難而糾紛的命令。我們的敵人，就正落在毫無計劃的這邊跑那邊跑，這麼說那麼說，這樣辦那樣辦的情況裏了。

然而已經顯出組織化的先兆，有計劃的防禦的先兆來。這緊要的機會是應該利用的，于是珂伐略夫就下了襲擊的命令。他捏着手鎗，自己留在左翼，到右翼去的是錫覺德庚。他的眼睛睜得很大，恰如在拖船上唱歌那時候一樣。但現在却燒起着特別的火燄，閃閃的在發光。他全部的額上，一直橫到眉毛，刻一道深的嚴肅的皺襞。錫覺德庚的脚步是本來很重的。他彷彿踏勘地皮，必須走得牢靠似的在前進。在他身邊是這樣的放心，好像得到一種特別的平靜和安全，覺得只要和他一氣，就決不至于死亡，決不至于戰敗，他命令得很簡單，很確當，又有些氣惱。

敵人要在園子跟前排起陣來了。但還可以看出，他還沒有將隊伍排齊，還沒有尋到人，來將這一大堆人又有力又有效地變成緊湊的隊伍。

快得很，快得很……新的士兵們，從各方面湧到這人堆裏去。他們從園子和人家，從馬房和小屋裏跑出來，人堆就愈來愈大，牠在我們眼前生長起來了。牠已經排開，牠已經成爲有組織的隊伍的樣子了，再一瞬間，我們就要碰着鋼的刺刀的牆壁，再一瞬間，鐵火的雹子就要向我們直注，步鎗畢剝的發響，而我們的行列就稀疏下去……

嗚拉！我們的行列裏發了吼。

手揑着鎗，我們的戰士們向敵人堆裏直衝過去了。那邊就又更混亂起來。有的要向能逃的地方逃走，有的還在想開鎗——但忽然之間，大多數人都站起身，拋掉他們的鎗，向天空擎起了臂膊，在請求慈悲和寬大。

然而有幾處還飛着鎗彈，從我們的隊伍裏抽去頂好的人物。我們的最初的犧牲之一是勇敢的萊雍契·錫覺德庚。彈子正打在前額上，我們的英雄且是戰士就死掉了。

但從院子的籬笆裏，忽然跳出約莫五十人的一隊，風暴似的直撲我們。我們的人們有些慌亂了，倒退了兩三步。然而珂伐略夫的喊聲已經發響：『上去，嗚拉，上去！』于是紅軍的士兵就野獸一般一擁而上，徑奔抵抗者，將他打倒，不住的前進。我軍和敵兵混雜在一起，人早已不能分別了。

當這半百的人們跳出離笆來的時候，先前將鎗枝抛在我們脚下的那些人，並沒有加進去。他們一動不動的站在那里，愈加將臂膊擎得高高的，在等候慈悲，並且祈求仁善。紅色的戰士們圍住了俘虜，將他們換了一個地方，碰也沒有碰他們一下。抛下的鎗械是檢集起來，聚成一堆，趕快的運到岸邊去。放眼一看，到處是傷兵。他們因爲苦痛，在叫喊和呻吟，別一些是喘着臨死的大氣。查明了那五十個人，大多數是白軍的軍官了。連一個也沒有饒放。

別的俘虜們，是帶到拖船上去了。

曲波忒，那帶着他的騎兵中隊到了村背後的，一跑到蘆葦邊，就和大家一同下了馬，等候着。十個人離開了他，排成一條索子，先頭的一個直到哥薩克村。他們通報着在那里彼此有些什麼事，戰况對于我們怎麼樣，等等……

常有單個的白軍士兵逃過來，曲波忒總不揮動他的部下，也不白費一粒子彈，尤其是不願意使人明白他的所在。單個的逃兵跑進葦蕩裏來，自然也是常有的。那就不出聲響地捉住他，因爲第一要緊的是沒有人知道我們還有埋伏。然而珂伐略夫的攻擊剛要决定了戰鬪（的勝敗），敵人的守備隊的殘兵便直向河邊衝來，意思是要渡過這河，躲到對岸去。在這瞬息間，曲波忒就從蘆葦間闖出，徑奔在逃的敵兵了。這眞是出了有些簡直不能相信的事。從這方面，敵人是以爲不會遇到襲擊的。他們避向旁邊，散在岸上，大多數是跑往先前泊着他們的船的處所去。然而船隻早不在那里了。曲波忒的伙計將牠弄走了。逃路已經沒有，而騎兵却馳驟于逃兵之間。馬刀在空中發閃，只要觸着，就都滅亡。抵抗並沒有。許多人就跳到水裏面，想浮到對岸去。但是成功的很有限。大抵是在河的深處喪了他的性命了。

激昂的曲波忒騎着他的黑馬，像猛獸一樣，在岸上各處飛跑。他自己並不打，只是指示他的伙伴，什麼地方還躲着潰走的敵人的大夥和小夥。曲波忒一切都留心。他的眼睛看着各方面，敵人怎樣轉了彎，他看見的，敵人怎樣在尋遮蔽物，他也看見的。

一個莽撞的大草原上的騎士似的，檀鞠克捏着出鞘的長刀，從村子的這一頭跑到那一頭。他的帽子早已落掉了，黑色的亂頭髮在風中飄蕩。

他全不管什麼命令，只是自己尋出他的敵人來，鷹隼一般撲過去。衝落，砍掉，毫無饒放。當一切就要收梢的時候，自己方面開鎗的一粒流彈，將檀鞠克的左臂穿通了。他不叫喊，他不呻吟，倒是罵，越罵越利害，從他那忠實的由希跳下，撫摩着牠的鬃毛。戰爭是完結了……

多少人在這里死亡，多少人在河水裏喪命，這恐怕永久不會明白。只有零星的逃兵，跑到蘆葦這里來，躲到裏面去。但大抵是在逃走着的中途就送了性命的。白軍的兵官，穿了女人衣服，想這樣逃到蘆葦裏去的也有。然而我們不給他跑掉一個人。

兩點鐘之內，全村已爲紅軍所有了。

戰鬬一開頭，敵人的飛機便從教堂廣場飛起，向着還駐紮着敵人部隊的各村子這方面飛去了。

當正在戰鬬的時候和以後，從村子的窗門裏，園子裏，都飛出石塊和彈子來。村裏的居民，是這樣地招待了我們的。

在這回的拂曉戰，俘獲了一千個人，四十名兵官，一輛鐵甲摩托車，機關鎗，子彈匣，礮彈，醫療材料，印，官廳什物，官員履歷以及別的種種東西，都落在我們手裏了。這時候，汽船和拖船已經一徑駛到哥薩克村來。俘虜和戰利品就都弄到船上去。我們的人們也拿了擔架，將負傷的朋友擡上船。他們大半是在衝鋒的時候受傷的。

現在很明白了，敵人從飛機得到後方的大損失的報告之後，要試辦的是簡直退兵，或者派部隊到哥薩克村去，將紅軍消滅。

敵人採取了第一法。　他帶了他的部隊退却了，然而走向我們的村子來，因爲要到亞秋耶夫去，到海岸去的惟一的路，是經過這里的。　他想趁紅軍還沒有紮得穩固，而且他所豫料的援軍還沒有開到之前，趕緊利用這條路。　敵人的部隊亢奮着，一定要竭力飛快的輸送的。

于是敵軍撤退了，當這時候，駐紮在敵人的位置隣近的我們的主力軍，就動手來將他襲取，將他打擊。　在我們占領了的哥薩克村，必須看新的敵軍的部隊走進村裏面，這纔開始來戰爭。

首先開到了古班騎兵聯隊，各種步兵部隊，以及別的正規軍團。　要抵制這樣的大兵力的衝擊，在我們是非常困難的，現在我們的任務，是在不給敵軍以休息，妨害敵軍的前進，並且用了屢次的衝突和打擊，使他們陷于混亂，以待我們的主力軍的到來。　正午時候，受了敵軍的出格的壓迫，我們只得將從東通到西的外面的兩條道路放棄了。　敵人的主力軍，也就正從這條道路在前進。

戰鬬又開頭了。

這戰鬬上，敵軍是帶着兩輛鐵甲摩托車的，但他的景况，却還是困難得很，因爲和他同時前進的我們的援軍，正從背後壓迫着他，使他不能用了他的主力，強悍的向我們襲擊。遠遠地已經聽到了礮聲。這是要將他們的舉動，和我們的聯成一氣的紅軍的大砲。

到四點鐘，敵人部隊的大數目，聚到哥薩克村裏來了。好像决定要將紅色別動隊殲滅，並且趕下河裏去似的。他開始了風暴一樣的砲擊，又變了襲擊，接連不斷。這強悍的風暴一樣的壓迫，逼得我們退到河邊。紅色的戰士拋了草地，向河邊退走，敵人就夾脚的追上來……

如果再給敵軍壓迫，我們還要退走下去，那就要全軍覆沒，是明明白白的。砲隊的司令庫勒培克同志，爲了觀察我們的砲擊的效力，蹲在一株大槲樹的枝子上已經三個鐘頭了。他汗流滿額，靠了又溼又冷的樹幹，停着，好像一匹貓頭鷹，用他的望遠鏡在探望，不爲俗務分心。我們的砲隊，是在離這槲樹幾步之處的，庫勒培克就從自己的座位上，在改正發砲的瞄準。人總是聽見他亮響的號令：一百！ 九十一！ 照準！一百！ 九十七！……

怪物一發吼，砲彈呻吟着，怒號着向空中飛去的時候，庫勒培克就裝一個很奇特的手勢，指着落彈的方向。『好，好，』他叫起來，『這東西正打在狗臉上了。再來一下——但要快，孩子們——要快。他們在飛跑哩！』 他望着沙礫的大雨落在地面上，人們飛上天空中的草地的盡頭。『再來一歪，』他在上面叫喊，而我們的砲兵們是開砲又開砲。一個遞砲彈，另一個將這裝進砲裏去，第三個就拉火。在這狂熱的開火中，庫勒培克就忘記了時間，疲勞，飢餓。除了大砲和砲彈，除了沙雨和飛跑的人們以外，他什麼也不看，不管了。

而現在，敵軍轉了襲擊，逐漸逼近我們的砲隊和庫勒培克的槲樹來但他却毫不想離開他的地位。他一點也不動，他不離開他的位置，他好像在小枝子上生了根似的。他的命令越來越清楚。他愈是屢次變換目標，他益發大聲的發命令。大砲這里，是疲乏的氣喘吁吁的砲手們。傳遞砲彈愈加迅速，愈加趕緊，而近來的敵軍，就愈加喫了苦。

草地上面，就靠河邊，離蘆葦不遠，道路分爲兩條的處所，架着機關鎗，牠和牠的人員的任務，是在或是滅亡，或是制住敵軍的襲擊。

戰馬轉臉向着河這邊了。開放機關鎗的我們的人們，蹲在小小的馬車上，發了熱似的在開火。我們站在他們的後面，抵制着撤退下來的部隊。

我看見了柯久奔珂，他幾乎和機關鎗溶成一氣，兩手緊揑了牠，發射着，檢查着，看一切可都合式。敵人已經望得見了，他不住的擁上來。

狙擊兵呵，現在是全盤的希望只在你們了。你們肯支持你們的伙伴——我們就喫得住。但如果你們擋不住敵軍，那麼，首先是你們，和我們一起都完結！

敵人的部隊，現在是多麼逼近了呵。　他們已經湧進草地來了——而在這瞬息間，——在這決定的，永遠不會忘記的瞬息間，我們別動隊全體的運命懸在一枝毫毛上面的瞬息間，我們的狙擊兵却開始了不能相信的，掃蕩一切的鎗火了。

一分鐘………　兩分………

敵人的隊伍還在動彈。　然而人已經在他們裏面可以看出發抖，他們的動作已經慢下去，這囘是全都伏在地上了。　剛想起來，他們就遇到當不住的排鎗。　這眞的危機一髮的幾分鐘——其實並非幾分鐘，倒是幾秒鐘。　紅軍的隊伍站得住了，氣一壯，改了攻勢。　這突然的改變，是出乎敵人的意料之外的。　白軍的隊伍開始退却了。　我們的地位就得了救。

而在這瞬息間，敵人的部隊所在的草地上面，又開始爆發了榴霰彈。

當看見我們的紅色友軍的這個招呼的時候，戰士們和司令們的風暴般的歡喜，簡直是寫不出來的。我們的友軍來幫助了。相距已經很不遠。他們要不使我們這一夥送掉性命了。紅軍的士兵便又開心，又氣壯，開始去追擊退走的敵。追擊上去，一直到夜，一直到黑暗支配了一切。

我們竭力的試辦，要和來幫的部隊相聯絡，然而這試辦失敗了。因爲在我們和趕緊來幫的部隊之間，還有敵軍的堅固的牆壁。蘆葦和沼澤，又妨礙我們由間道去和友軍連合起來。敵軍是已經決計在村子裏過夜，使他們的無數的輜重，能夠運到海邊去。

但我們却要利用了夜間來襲擊。

離村子的廣場並不遠，教堂背後，曲波忒在一個大園子裏藏着他的中隊。他擔着大大的任務，即使形勢如何改變，也還是非做不可的。戰士們坐在草上面，一聲不響。戰馬都繫在蘋果樹和洋槐的幹子上，而大枝子上面，籬笆上面，則到處站着守望的紅軍的士兵。曲波忒在園子裏跑來跑去，巡閱着自己的戰士們，監督着坐在樹上的守望者。從小河直到列樹路一帶，都埋伏着我們的騎兵中隊。未來的夜襲的報告，各處都傳到了。

郭甫久鶴和我坐在一堆乾草後面，和跟着趕來的司令們接洽了幾句話。這時候，從船上搬了大盤的食物來了，我們就餓狼似的，都向羹湯那邊闖過去，因爲自從天亮以來，除了煙捲的煙氣之外，就什麼也沒有到過我們的嘴裏面。站在四近的戰士們，也步步的走近來。盤子顯出磁力，將大家吸引過去了。然而倒運！我們的手頭，竟連一柄湯瓢也沒有。大家只有兩次，得了眞是一點點的東西，第一次不很好喫，第二次呢，可不能這麼個個都有了。但這也不要緊。我們一夥就用了小刀，叉子，剛用木頭雕成的小匙，從鍋裏舀出羹湯來，直接放進嘴裏去。還有果子醬——弄一點煙草——我們就都快活，滿足而且高興了。

決定了到半夜去襲擊。藏在園子裏的騎兵中隊，應該在必要的時機，離開他們的根據地，用一種猝不及防的突擊，來完結那件事。挑選了頂好的人們，派遣出去，要侵入敵陣的中央，到半夜十二點鐘，在一兩間小屋子上放起火來，並且拋幾個炸彈，以給與很大的衝動。一看見火光和燒着的乾草的煙，那就得立刻，全體的狙擊兵都開鎗，全體的機關鎗都開火，狙擊兵還要叫起『嗚拉』來，但在我們對于敵情還沒有切實的把握之前，却不得開始戰鬬。到處都支配着寂靜。我們這里，敵人那里。在這樣的一個夜裏，是料不到要有襲擊的。人們都似乎跕着脚尖在走路，還怕高聲的談天。大家等候着。

我們已經看見了最先的火光。火老鴉在敵人的陣地上飛舞，幾間小屋同時燒起來了。在這時候，我們就聽見了炸裂的榴霰彈的鈍重的聲音，後來的幾秒鐘裏起了些什麼事，可不能用言語來描寫了。礮兵中隊發起吼來，機關鎗畢畢剝剝的作響，一切都混成了一個可怕的震聾耳朵的轟音。

冰冷的聳人毛髮的嗚拉，衝破了夜靜，鑽進我們的耳朵來。嗚拉！嗚拉！這好像怕人的震動似的，遍滿了村裏的街道和園子。敵人打熬不住，捨掉他的陣地，開始逃走了。這瞬息間，埋伏的騎兵中隊就一擁而出，給這齣戲文一個收束。在燒着的小屋子的火光中，他們顯得像是鬼怪一樣。出鞘的長刀，噴沫的戰馬，亂七八遭跑來跑去的人們……

敵人也抵抗了，但是亂七八遭的，又沒有組織。他開起鎗來了，然而不見他的敵——姑且停止罷，又不知道該在什麼時候，什麼地方。這也拖延不得多久，哥薩克村就屬于我們了。敵人都向田野和沼澤逃散，直到早上，這纔集合了他的人們，但他早不想到村子這邊來，却一徑向着海那邊前去了。

在半夜裏，戰爭之後，我們的哨兵就進了村子，但全部隊却一直等到早晨。當我們開進村裏去的時候，又受了先前一樣的待遇。從園子和人家裏，都發出鎗聲來。他們是並不高高興興地招待我們的。到得早上，我們又聚集了新的戰利品，並且將鐵甲摩托車，機關鎗，大礮，以及別的東西，許許多多都運上了船，以作戰勝的紀念。

這時紅軍的旅團到了村裏了。他們接辦了我們的工作，要前去追擊敵人去。紅色別動隊的任務是完結了——紅色別動隊可以囘去了。

誰都興致勃勃地，我們大家帶着歌唱和歡笑上了船，囘到家鄉去。誰都覺得，自己是參加了完成一種偉大而重要的事件了。誰的裏面，還都生存着深邃的戲曲底的要素，而自己就曾經是戲曲中的傢伙。船隻離了岸。

響亮的歌聲打破了蘆葦的幽靜。我們在古班河裏往上走，經過了和昨天一樣的地方——但那時是在冰一般的寂靜裏，在剽悍的堅決裏——而現在却高興，有趣。在那時候，是誰也不知道岸上有什麼東西等候着，在那時候，是誰也不知道自己可能生還的。

然而結果是偉大的。在歸途上，我們的戰士不過損失了一兩打——

但自然是頂好的同志們。

在『慈善家』的艙面上，蒼白的，柔和的檀鞠克帶着打穿的，挫傷的臂膊躺在一個擔架上，很低很低的在呻吟。在一座高大的親愛的墳墓裏，就在蘆葦的近旁，是鋼一般的司令萊雍契•錫覺德庚在作永久的休息……

大家記得起死掉的同志來，船上就爲沈默所支配，彷彿有一種沈重的思想，將一切活潑的言語壓住了。

然而悲哀又將位置讓給了高歌和歡笑。又是有趣的歌曲，又是高興的心情，好像這一天和這一夜裏什麼事也沒有的一樣。

父親

M・唆羅訶夫 作

太陽只在哥薩克村邊的灰綠色的叢林後面，衰弱地睒眼了。離村不遠是渡船，我必須用這渡到頓河的那一岸去。我走過溼沙，從中就升起腐敗的氣味來，好像溼透的爛樹。道路彷彿是紛亂的兔子脚印一般，蜿蜒着出了叢林。腫脹的通紅的太陽，已經落在村子那邊的墳地裏。我的後面，在枯燥的雜樹間緩步着莽蒼蒼的黃昏。

渡船就緊在岸邊，閃着淡紫的水在牠下面窺覷。櫓在輕輕的跳動，向一邊迴旋，櫓臍也咿啞作響。

船夫正在用汲水勺刮着生了青苔的船底，將水潑出外面去。他仰起頭來，用了帶黃的，歪斜的眼睛看定我，不高興地相駡似的問道：

『要擺渡麼？ 立刻行的，這就來解纜子。』

『我們兩個就可以開船麼？』

『也只得開。 立刻要夜了。 誰知道可還有什麼人來呢。』 他捲着褲脚，又向我一看，說：

『看起來，你是一個外路人，不是我們這里的。 從那來的呀？』

『我是從營裏囘來的。』

那人將帽子放在小船裏，擺一擺頭，搖開了夾着黑色的，高加索銀子一般的頭髮，向我使一個眼色，就露出他那蛀壞的牙齒來：

『請了假呢還是這麼一囘事，——偸偸的？』

『是退了伍的。 我的年限滿了。』

『哦……哦。 那麼是可以閑散了的………』

我們搖起櫓子來。 頓河却像開玩笑似的總將我們運進那浸在岸邊的森林的新樹裏面去。水激着容易破碎的龍骨，發出分明的聲音。綻着藍的脈管的船夫的赤脚，就像成綑的粗大的筋肉一樣。冷得發了青的脚底，堅韌的牢踏在滑滑的斜梁上，臂膊又長又壯，指節都粗大到突了起來。他瘦而狹肩，彎了腰，堅忍的在搖櫓，但櫓却巧妙的劈破波頭，深入水裏去了。

我聽到這人的調勻的，無礙的呼吸。從他那羊毛線衫上，湧出汗和煙草，以及水的淡泊味的撲鼻的氣味來。他忽然放下櫓，回頭向我道：

『看起來，好像我們進不去了，我們要在這里的樹林裏給擠破的了。眞糟！』

被一個激浪一打，船就撞在一塊峻峭的岩石上。牠將後尾拚命一擺，于是總是傾側着向森林進行。

半點鐘後，我們就牢牢地夾在浸水的森林的樹木之間了。櫓也斷了。在櫓臍上，搖搖擺擺的飄動着挫折的斷片。水從船底的一個窟窿裏，滔滔的湧進船裏來。我們只好在樹上過夜。船夫用腿纏住了樹枝，蹲在我的旁邊。他吸着煙斗，一面談天，一面傾聽着野鵝的劃破我們上面那糊似的昏暗的鼓翼的聲響。

『唔，唔，你是囘家去的；母親早在家裏等着哩，她知道的：兒子囘來了，養她的人囘來了：她那年老的心，要暖熱起來了。是的……可是你也一定知道，她，你的母親，白天爲你擔心，夜裏總是滴着酸辛的眼淚，她也全不算什麼一囘事……她們都是這樣的，只要是她們的疼愛的兒子：她們都是這樣的……如果你們不是自己生了孩子，撫育起來，你們就永不會知道你們父母的辛苦的心。可是凡有做母親的，或是做父親的，都得爲孩子們喫多少苦呵！

會有這等事的，剖魚的時候，女人弄破了那魚的苦膽。那麼你舀起魚羹來，就要苦得喝不下去。我也正是這樣的。我活着，但是總得喫那很大的苦。我耐着，我熬着，但我也時時這樣想：「生活，生活，究竟要到什麼時候纔是你這壞透了的生活的收場呢?」

你不是本地人,是一個外路人。你告訴我,恐怕我倒是用一條繩套在頸子上的好罷。

我有一個女孩子;她名叫那泰莎。她十六歲了。十六歲。她對我說;「爸爸,我不願意和你同桌喫東西。我一看見你的兩隻手,」她說,「就記起了你就是用了這手殺掉哥哥的,我的身子裏就神魂喪失了。」

但這些事都是爲了誰呢,那蠢才却不知道。這正是爲了他們,爲了孩子們呵。

我早就結了婚,上帝給我的是一個兔子一樣很會生養的女人。她接連給我生下了八個喫口,到第九個,她也完結了。生是生得好好的,但到第五天,她就死在熱症裏。我成了單身了。說起孩子們來,上帝却一個也不招去,雖然我那麼懇求………我那大兒子叫伊凡。他是像我的;黑頭髮,整齊的臉貌。是一個出色的哥薩克,做工也認眞。別一個男孩子比伊凡小四歲。像母親的。小個子，但是大肚子。淡黃頭髮，幾乎是白的了，眼睛是灰藍的。他叫達尼羅，是我最心愛的孩子。別的七個呢，最大的是女兒，另外都是小蟲子……

我給伊凡在本村裏結了婚，他也立刻生了一個小傢伙。給達尼羅，我也正在搜尋着門當戶對的，可是不平靜的時代臨頭了。我們的哥薩克村裏，大家都起來反對蘇維埃權力。這時伊凡就闖到我這里來：「父親」他說，「同去罷，我們同紅軍去！我以基督之名請求你！我們應該幫紅軍的，因爲牠是很正當的力量。」

達尼羅也想勸轉我。許多工夫，他們懇求我，開導我。但是我對他們說：「我是不來強制你們的。你們願意往那去，去就是。可是我呢，我留在這里，你們之外，我還有七張嘴哩，而且張張都得喂的。」

他們可是離了家。在村子裏，人們都武裝起來了。無論誰，他有什麼就用什麼。可是他們也來拉我了：上戰線去！我在會場上告訴大家道：

「村人們，叔伯，你們都知道的，我是一個家長。我家裏有七個孩子躺在木榻上，——我一死，誰來管我的孩子們呢？」

我要說的話，我都說了，但是沒有用。誰也不理，拉了我送到戰線上了。

陣地離我們的村子並不遠。

有一天，恰是復活節的前一天，九個俘虜解到我們這里來了。他們裏面就有達尼盧式加，我的心愛的兒子。他們穿過市場，被押着去見軍官。哥薩克們從家家戶戶裏跑出來，轟的一聲，上帝垂憐罷。

「他們一定得打死的，這些孱頭。如果審問後帶回來了，我們什麼都不管，先來冷他們一下！」

我站着，膝頭發着抖，但我不使人看出我爲了自己的兒子達尼羅，心在發跳來。我看見了哥薩克們怎樣的在互相耳語，還用腦袋來指點我于是騎兵曹長亞爾凱沙跑向我來了：「怎麼樣，密吉夏拉，如果我們結果共產黨，你到場麼？」

「一定到場的，這些匪徒！」我說。

「原來，那就拿了鎗，站在這地方，這門口。」

接着他就這樣地看定了我：「我們留心着你的，密吉夏拉，小心些罷，朋友，——你也許會喫不住的。」

我于是站在門前面，頭裏却旋轉着這樣的事：「聖母呵，聖馬理亞呵，我眞得來殺我自己的兒子麼？」

辦公室逐漸吵鬧起來。俘虜們帶出來了。達尼羅就是第一個。我一看見他，便嚇得渾身冰冷。他的頭腫得像一個桶，皮也打破了。鮮血成了濃塊，從臉上湧出。頭髮上貼着厚的羊毛的手套。是他們打了之後，用這給他塞住傷口的。那手套吸飽了血，乾燥了，却還是粘在頭髮上。可見是將他們解到村裏來的路上打壞的。我的達尼羅踉蹌的走過廊下來。他一見我，就伸開了兩隻手。他想對我裝笑臉，但兩眼已經灰黑凹陷，有一隻是全給凝血封住了。

這我很知道：如果我不也給他一下，村人們就會立刻殺死我的。我那些孩子們，便要成爲孤兒，孤另另的剩在上帝的廣大的世界上了。達尼羅一到我在站着的地方，他說：『爸爸——小爸爸，別了。』眼淚流下他的面龐來，洗掉了血污。至于我呢，我可是……我擎不起臂膊來，非常沈重。好像一段樹。上了刺刀的鎗儼然的橫在我的臂膊上，還在催逼了，我就用鎗柄給了我那小子一下子……我打在這地方……耳朵上面這里……他叫了起來：嗚嗚呵——嗚呵——

——，兩手掩着臉，跌倒了。

我的哥薩克們放聲大笑，道：「打呀，密吉夏拉，打呀，對你的達尼羅，好像在傷心哩，打呀，要不然，我們就放了你的血。」

軍官走到大門口來了，面子上是訶斥大家模樣。但他的眼睛是在笑的。

于是哥薩克們都奔向俘虜去，用刺刀幹起來了。我的眼前發了黑，我跑掉了，只是跑，順着街道。但那時我還看見，他們怎樣將我的達尼羅踢得在地上滾來滾去。騎兵曹長用刀尖刺進了他的喉嚨。達尼羅却不過還叫着：喀喀……』

因了水的壓力，船板都瑟瑟地發響，榛樹也在我們下面作悠長的呻吟。

密吉夏拉用脚去鈎那被水擠逼上來的龍骨，並且從煙斗裏叩去未燼的灰，一面說：

『我們的船要沈了。我們得坐在這里的樹上，直到明天中午了。眞倒運！』

他沈默了很久。隨後就又用那低低的，鈍滯的聲音說了起來：

『爲了這件事，他們將我送到高級憲兵隊去了。——現在是許多水已經流進頓河裏面了，但在夜裏我總還是聽見些什麼，好像一個人在喘呼，在噓氣，好像在勒死。就像我那一回跑走的時候，聽到了的我那達尼羅的喘呼一樣。』

這就這樣地使我喫苦呵，使我的良心。

『我們和紅軍對着陣，一直到春天。于是綏克壘提夫將軍來加入了，我們就將他們遠遠的趕過了頓河，直到薩拉妥夫縣。我雖然是家長，但當兵却是很不容易的，這就因爲我的兩個兒子都在紅軍裏。

我們到了巴拉唆夫鎮。關于我的大兒子伊凡的事，我什麼也沒有聽到，什麼也沒有知道。但哥薩克們裏面，却忽然起了風傳了——鬼知道，這是從那里傳來的呢——，說伊凡已經從紅軍被捉，送到第三十六哥薩克中隊去了。

我這村裏的人們便都嚷了起來；「我們去抓凡加罷，他得歸我們來結果的。」

我們到了一個村，瞧罷，第三十六中隊就駐紮在這地方。他們立刻去抓了我的凡加，綑綁起來，拖到辦公室。他們在這里將他毒打了一頓，這纔對我說道：

「押他到聯隊本部去！」

從這村到本部，遠近是十二威爾斯忒。我們的百人團的團長一面交給我押解票，一面說——但他却並不對我看：

「票在這里，密吉夏拉。送這少年到本部去。和你一起，他就靠得住。從父親手裏，他不跑掉的。」

這時我得了上帝的指點。他們想要怎樣，我覺察出來了。他們叫我押送他去，是因爲他們豫料着我會放他逃走的。後來他們就又去捉住他，將他和我同時結果了性命。

我跨進那關着伊凡的屋子去，對衛兵說道：

「將這俘虜交給我罷，我得帶他上本部去。」

「帶他去就是，」他們說，「我們是隨便的。」

伊凡將外套搭在肩膀上。拿帽子在手裏轉了兩三個旋子，便又拋在長椅上面了。

我們離開了村莊。路是在上到一個岡子上。我不作聲。他不作聲。我常常回過了頭去，是要看看可有人監察我們的沒有。我們就這樣地，大約走了一半路。到得一座小小的神廟的跟前。我們的後面看不見一個人。凡涅就向我轉過臉來了。說道，他的聲音是很傷心的：「爸爸，——到本部，他們就要我的命了。你是帶我到死裏去的呵。你的良心還是總在睡覺麼？」

「不，凡涅，」我說，「我的良心並沒有睡着。」

「可是對我却一點都沒有同情麼？」

「你眞使我傷心得很，孩子，爲了愁苦，我的心也快要粉碎了。」

「如果我使你愁苦，那就放我逃走罷。你想想看，我活在這世界上，實在還沒有多少日子哩。」

他跪下去了。在我面前磕了三個頭。我于是對他說：「讓我們到了坡，我的孩子。那麼，你跑就是。我來放幾下空鎗裝裝樣。」

你也知道，已經成了一個小伙子了，從他嘴裏是吐不出深情話來的。但他現在可是抱住了我的頸子，接吻了我的兩隻手……

我們又走了兩威爾斯忒。他不作聲。我不作聲。我們到了坡上面。伊凡站住了。

「那麼，爸爸，再見。如果我們兩個人都活着，我總要照顧你一世的。你總不會從我嘴裏聽到一回粗話的。」

他擁抱了我，這時我的心快要裂碎了。

「走罷，孩子，」我對他說。 他跑下坡去了。 他時時囘了頭，向我裝手勢。 我讓他跑了十二丈遠。 于是我從肩膀上卸下鎗，曲了一條腿，使臂膊不至于發抖，只一按……… 就直打在脊梁上了。』

密吉夏拉慢慢的從袋子裏摸出烟囊來，用火石注意地打了火，慢慢的點在他的烟斗上，吸了起來。 他那空着的手裏，拿了發着微光的火絨。他的臉上的筋肉在牽動。 在腫起的眼瞼下，強項地，冷淡地閃着歪斜的眼睛。

『可是……… 他跳了一下，拚命的還跑了丈多路。 這纔用兩手按住了肚子，向我迴過身來了：「爸爸……… 怎麼的？………」 他倒了下去，亂蹬着兩脚。 我跑過去，俯在他上面。 他上翻着眼珠。 嘴唇上吹着血泡。 我想，現在是完了，他要死了。 但他還起來一下。 忽然間，說——向我的手這一邊摸撫着：「爸爸，我有一個孩子和一個女人………」他的頭倒向一邊了。他想用指頭來按住那傷口。但那地方………鮮血只是從指頭間湧出來………他呻吟着。仰天躺倒，嚴酷地凝視我。他的舌頭已經不靈了。他還想說什麼話，但只能說出：「爸～～爸，爸～～爸………」來。我兩眼裏湧出了眼淚，並且對他說：「凡紐沙，替我戴了苦難的冠罷。不錯的，你有女人和一個孩子。可是我却有七個躺在木榻上呵。倘使我放掉你，哥薩克們就會結果我，那些孩子們也都得做乞丐了。」

他還躺了一會，于是完結了。他的手捏着我的手。我脫下他那外套和長靴，用一塊布蓋在他臉上，就回到村子裏………』

『現在你判斷罷，好人，我是爲着孩子們受了這麼多的苦楚，賺得一頭白髮的………我爲了他們做活，要使他們不至于缺少一片麵包。白天黑夜，都沒有休息。………可是他們却像我那女兒那泰莎似的，對我說：「爸爸，我不願意和你坐在一個桌子上………」這怎麼能受得下去呢？』

船夫密吉夏拉低下頭去了。他還用沈重的，不動的眼光看定我。在他背後開始出現了黎明，熹微而且茫漠。從右岸上，在白楊的暗叢裏，夾着野鴨的亂叫，響來了一個冷得發啞的，渴睡的聲音：

『密吉夏拉！老鬼！船來…………！』

枯煤，人們和耐火磚

F•班菲洛夫，V•伊連珂夫 合作

枯煤爐以幾千噸三和土的斤兩，沈重地壓在基礎木樁——一千二百個木樁——上面了，于是就將幾千年間搬來的樹木，古代的巨人的根株，被谿水衝下的泥土所夾帶而來的野草，都在這里腐爛了的地底的泥沼，藏在牠下面。這沼，是曾經上面爬着濃霧，晴明的時候，則渦旋着蚊蚋的密雲的沼，只要有落到牠肚子裏來的東西，牠都貪婪地喫掉了。但是，泥，樹木，草，愈是沈到那泥濘的底裏去，就逐漸用了牠們的殘骸，使沼愈加變得狹小。蘆葦也一步步的從岸邊逼近中心去，使牠狹窄起來。沼就開始退却了，泥，樹木，草，蘆葦，從四面來攻擊牠，一邊攻擊，一邊使牠乾涸，蓋上了一層有許多凸起的，蛹一般的，泥煤的殼。

經過了幾百年，殼變硬了，就成了滿生着繁茂的雜草和野荆球樹的矮林的黑土。

這樣子，自然就毫不留下一些關于這的傳說，記錄或紀念，而將腐爛的泥沼埋沒了。

于是人們到這里，在山脚下的廣場上，攤開那籌劃冶金工廠的圖樣來，指定了安設枯煤爐的地方，就在熔礦爐的鄰近。河馬一般獸相的挖掘機立刻活動起來了，掘地的人們走下很大的洞裏去。人們趕緊走下去了，但當掘掉上層的黑土，挖掘機從牠拖着嘴唇的大嘴裏吐着大量的大土塊，慢慢地再又旋轉着牠那有節的頸子的時候，才知道地底下很柔軟，稀爛，就像半熟的粥一般。

人們發見了泥沼。

當開掘地基的時候，建設者們也知道地盤是不很堅固的，但在泥沼上面來安枯煤爐，却誰也沒有想到過。這爛泥地，是也如礦洞裏的突然發生煤氣一樣，全是猝不及防的出現的。建設者們愈是往下走，稀溼的地底就愈是在脚下唧唧的響，哺哺的響，並且將人們滑進牠那泥濘的，發着惡臭的肚子裏面去。

也許有簡單的辦法的，就是又用土來填平了地基，在那里種上些帶着紫色耳環的白樺，或者聽其自然，一任牠再成爲湛着臭水，有些蚊，蚋，野鴨的泥沼。但據工廠的設計圖，是無論如何，爐子一定該在這里的，如果換一個地方，那就是對着已經有了基礎的鑄造廠，輾製廠的馬丁式熔礦爐，水門汀，鐵，石子的梯隊搖手——也就是弄壞一切的建設，拋掉這廣場。

退却，是不能的。

于是人們就浸在水裏面，來打那木樁。首先——打下木樁去，接着又用巨大的起重機將牠拔出，做成窟窿，用三和土灌進這窟窿裏面去。

建設者們用盡了所有的力量，所有的方法，所有的手段，打下了木樁——一千二百個木樁。

這麼一來，那里還怕造不成枯煤爐呢？

發着珠光的耐火磚，好像又厚又重的玻璃一般，噹噹地響。磚頭彷彿經過研磨，拿在手上，牠就會滑了下去，碎成細碎的，玎璫作響的末屑。但工人們却迅速地，敏捷地將牠們疊起來。磚頭也閃着牠帶紅色的棱角，在他們手裏玩耍。枯煤爐的建造場上，就滿是木槌的柔軟的丁丁聲，穿着灰色工衣的人們的說話聲，貨車的聲響，喧囂的聲響。有時候，話聲和叫聲忽然停止了，于是音，響，喧囂，就都溶合在彷彿大桶裏的酒糟在發酵似的一種營營的聲音裏。

這樣的一點鐘——兩點鐘——三點鐘。

營營聲大起來了，充滿了全建築物，成爲磚匠們的獨特的音樂，和銀色的灰塵一同溢出外面去了。

『原料！』忽然間，到處是工人們的叫喊，打斷了營營聲，于是頭上罩着紅手巾，脚穿破靴，或是赤脚的，身穿破爛的鄉下式短外套的女人們，就從掛臺將灰色的粘土倒在工人們的桶子裏。

『花樣！』

『花樣？』

造一個枯煤爐，計有五百八十六種磚頭的花樣，即樣式。其實，爐子是只要巧巧的將這些花樣湊合起來就行的。磚都在那邊的堆場上。將這些搬到屋裏來，一一湊合，恰如用各件湊成發動機，縫衣機，鐘錶的一般，就好。湊成之後，塗上原料——爐子就成功了。是簡單的工作。然而工人們每疊上一塊新的花樣去，就皺一回眉，花樣有各種的樣式，和建築普通的房屋，或寬底的俄國式火爐的單純的紅磚，是兩樣的。有種種的花樣——有圓錐形的，也有金字塔形的，立方體的，螺旋狀的，雙角狀的。必須明白這些花樣的各種，知道牠嵌在什麼地方，必須巧妙地塗上原料去，塗得一點空隙都沒有，因爲爐子裏面就要升到一千度以上的熱度，那時候，只要有一點好像極不要緊的空隙，瓦斯也會從那地方鑽出來。而且——還應該像鐘錶的機件一樣，不能大一個生的密達，也不能小一個生的密達，要正確到一點參差也沒有。

突擊隊員知道着三和士的工人們已經交出了確立在木椿上面的爐子的地基，征服了泥沼的自己的工作；知道着石匠們應該造起足以供給五十五萬好枯煤的爐子，爲了精製石腦油，石炭酸，以及別的出產物，而將瓦斯由這里送到化學工廠裏去的爐子來。他們知道着倘使沒有枯煤，則每年必須供給一百二十萬噸生鐵于國家的熔礦，就動彈不得。

但是，只要有一點小空隙，有一點參差的縫，什麼地方有一點小破綻，爐子也只好從隊伍裏開除出來。所以指導者們就總在爐旁邊走來走去，測量砌好了的處所，一有破綻，即使是怎樣微細的，也得教將這拆掉，從新砌一遍。　就在近幾時，當測量的時候，指導者們發見了爐壁比標準斜出了二十四米里密達(一)，也就教拆掉了。　由此知道拆掉了的一排裏的一塊花樣下面的原料裏，有一片小小的木片。　這怎麽會弄到那裏面去的呢？　『誰知道呢！　工人們難道將粘土統統嚼過，這纔塗上去的麽！』　然而對于這等事，指導者們却毫不介意，將好容易砌好了的三排，全都推倒了——這是四個磚匠們的一日夜的工作。

就要這樣精密的技術。

礦工們正在咬進庫玆巴斯的最豐富的煤層去。　他們無日無夜，在深的地底裏，弄碎着漆黑的煤，幾千噸的拋到地面上。　煤就在平臺上裝進貨車裏，由鐵路運到庫玆尼玆基冶金工廠去，那地方，是兩年以前，還是大野的廣漠的湖和沼澤張着大口，從連山吹下來的風，用了疼痛的沙塵，來打稀有的旅客，並無車站，而只在支路的終點，擺兩輛舊貨車來替代的。

煤的梯隊，飛速的奔向新庫茲尼茲克——社會主義底都市，在廣漠的平野中由勞動者階級所建設的市鎮去。

煤在這里先進碎礦機裏去，被揀開，被打碎——煤和熔劑的混合物——于是用了貨車，倒在爐子的燒得通紅的大嘴裏，經過十七個鐘頭之後，又從這里吐出赤熱的饅頭來………這就是枯煤。潑熄枯煤，吱吱的發響，像石灰一樣，經過分類，再繼續牠的旅行，就是拌了生礦，跑進燒得通紅的大嘴，大肚子的熔礦爐的大嘴裏面去。

枯煤——是熔礦爐，發電所，化學工廠的食料。

新市鎮是靠枯煤來維持生活的。

是的。但在目前，這還不過是一個空想，要得到枯煤，必須先將牠放在耐火磚的裝甲室裏煉一煉，恰如建設者們將泥濘的饕餮的沼澤，煉成

註一：約合中國尺八分弱——譯者。

了三和土一般……　那時候，空想就變了現實；那時候，鑄造廠，輾製廠，發電所，化學工廠就一齊活動起來；那時候，機器脚踏車就來來往往，文化的殿堂開開了，而剛從農村來到這里的人們，正在每天將自己的勞動獻給建設的人們——就從瞎眼的昏暗的土房的屋子裏，搬到社會主義的都市，工業都市上來了。

突擊隊長西狄克，就正在空想着這件事。

建設枯煤爐，也就是搬到社會主義底都市去的意思。　黨和政府，將他看作他那突擊隊裏，曾在特別週間，出過一天叠上五百塊磚的選手的光榮的隊員，而使他負着絕大的責任，西狄克是知道的，然而還是懷着這空想。

可是這里有耐火磚——這些五百八十六個的花樣。

于是西狄克被不安所侵襲了。

他站在高地方，搖搖擺擺，好像在鉸鏈上面一樣。　他似乎不能鎮靜的站着了，彷彿屋頂現在就要落到他的頭上來，彷彿無論如何，他總想避開這打擊，只是靜不下，走不停。

他現在輕捷地，好像給發條彈了一下似的，跳了起來，跨過磚堆，跑到下面來了，于是和學徒並排的站着。

「不是又在用指頭塗着了麼？」　他巧妙地將磚頭向上一拋，磚頭在空中翻了幾個轉身，輕輕地合適地又落在他手掌裏了。　他用了小刮刀，塗上原料，嵌在磚排裏。　磚就服服帖帖的躺在自己的處所，恰如小豬的躺在用自己的體溫偎暖了的自己的角落裏一般。

「要這麼幹的麼？」　在旁邊作工的女學徒孚羅莫伐問道，于是紅了臉。

「不這麼，怎麼呀？」　西狄克莽撞地說。　「在用別的法子塗着了罷。」

他講話，總彷彿手上有着細索子，將這連結着的一樣。　臉是乾枯的，面龐上滿是皺。 皺紋向各方面散開——從眼睛到耳朵，從下巴到鼻子，于是從此爬上鼻梁，溜到鼻尖，使鼻尖接近上唇，成爲鷹嘴鼻。

『畜生，畜生，』他咂舌似的說着，爬到上面去，從那里注視着六十個突擊隊，皺着眉頭，還常常將什麼寫在筆記本子上。

這永是冷靜，鎮定，充滿着自信的他，今天是怎麼了呀？ 今天是有什麼躓絆了他，有什麼使他煩亂，使他皺眉，使他跑來跑去了。

今天，他又被奧波倫斯基的突擊隊比敗了。

固然，在他，是有着辯解的話的。 他的突擊隊——是砌紅磚的專門家，來弄耐火磚，還是第一次，而且在他的突擊隊裏，六十八中只有十一個是工人，此外——就都是學徒們和稷林一流的脚色。 早晨，他問稷林道，『你以爲要怎麼競爭才好呢？』 稷林答道，『只要跟着你，我是海底裏也肯去的。』 那里有怎樣的海呢？ 那就是海，是——正在掀起第九個浪來的——奧波倫斯基。 但是，從稷林，從雖在集團裏而幾乎還是一個孩子的人，從雖在獻身于集團而還沒有創造的能力的孩子的人，又能夠收穫些什麽呵！然而奧波倫斯基的突擊隊，却大抵是中央勞動學校的學生，指導者們是從唐巴斯來的，他們在那里造過枯煤爐、有着經驗。

在西狄克，是有辯解的話的。

但是，在這國度裏，辯解是必要的麽？能夠總是依據着『客觀底』原因麽？不的。西狄克走來走去。他失了鎮靜，漸漸沒有自信了。

當他的突擊隊初碰見耐火磚的時候，他問道：

『怎樣，大家？』

『和誰競賽呀？』工人們問他說。『和奧波倫斯基麽？什麽，他還是一個乳臭未乾的小子呢。』

這是的確的。一看見奧波倫斯基，就令人覺得詫異。他的姓名，是好像突擊隊的旗子一樣，在廣場上飄揚的，但他還不滿二十一歲，顯着少年的粉紅的面頰，然而這他，却指揮着突擊隊，將西狄克的突擊隊打敗了。

第一天，西狄克的突擊隊滿懷着自信，用了穩重的脚步，走下到耐火磚的處所去，立刻佔好自己的位置，含着微笑向別的突擊隊宣了戰，動手工作起來。那時候，西狄克還相信是能得勝的。他和突擊隊都以極度的緊張，在作工時間中做個不歇——磚頭噹噹的在響，木槌在敲。這天將晚，緊張也跟着增大了，用了恰如漁夫將跳着魚兒的網，拉近岸來那時一樣的力量。

但到晚上，西狄克的頭髮都豎起來了，他的突擊隊，每人疊了〇•五噸，可是奧波倫斯基的突擊隊却有——一•四噸。

『哦，』西狄克公開似的說，『明天一下子都贏他過來罷。』

然而明天又是新的低落。突擊隊在耐火磚上，在花樣上碰了釘子了，無論怎樣，一個人總不能疊到〇•九噸以上。其實，外國人(一)是原以每人〇•五噸爲標準的，因爲管理部知道着突擊隊的力量，所以加到〇•八噸。西狄克是已經超出了官定的準標了。但這說起話來，總是含着微笑，順下眼睛的少年的康索謨爾奧波倫斯基，却將那他打敗。

突擊隊的會議時，西狄克又發了和先前一樣的質問：

『但是，怎樣，怎樣，大家？』

『怎樣？難呀，這磚頭不好辦。』

『難麼？比建設社會主義還難的事情，是沒有的，可是不正在建設着麼。』西狄克回答說，一面自己首先研究起來。

他採用了奧波倫斯基的方法，將全部分成隊伍，四人一隊，兩個工人放在兩側，中間配上兩個學徒。他測定了磚匠們的一切的動作，不再在遠處望着工作，却緊緊的釘住了在監督了。

『奮鬪罷。教惡魔也要倒立起來的。』工人們興奮地說。

于是西狄克的突擊隊，就肉搏了奧波倫斯基了，每人叠了一•二噸，

註一：常是從外國聘來的技師。——譯者。

壓了他的壘。

然而昨天，奧波倫斯基又每人叠了二．二噸。人們說，這是世界底記錄。西狄克發抖了，他在一夜裏，就瘦了下去，他的皺紋變成深溝，鼻子更加鉤進去了，背脊也駝了，但眼睛却在敏捷的動，抓住了砌磚的全過程，分析出牠的基礎部分來。

西狄克的今天的靜不下，就爲了這緣故。

『畜生，畜生，』他喃喃地說。『缺陷在什麼地方呢？』

在工人們麼？工人們是在工作的。他們不但八點鐘，還決心要做到十點鐘，或者還要多——他們提議將全突擊隊分爲輪流的兩班，那麼，一日一夜裏，工人們可以做到十六點鐘了。然而問題並不在這里。一日一夜做二十點鐘工，是做得到的，爲了砌磚而折斷了脊梁，也做得到的。但是，建設事業是高興這樣的麼？

這是無聊的想頭。

那麼，問題在那里呢？

在砌法麼？不，耐火磚的砌法的技術，工人們好像已經學會了。加工錢麼？笑話，突擊隊以這麼大的緊張在作工，並非爲了錢，是明明白白的。如果爲了『盧布』，突擊隊只要照〇•八噸的標準，做下去就好，但在事實上，他們不是拿着一樣的工錢，却每人砌着一•二噸麼？

西狄克就這樣地，天天找尋着缺陷，他注視着工作的進行，將這加以解剖，在筆記本子上畫圖，將工人們組織起來，又將他們改組，即使到了夜裏，也還是坐在自己的屋子——隔壁總有小孩子哭着的棚屋裏。

他連上牀睡覺都忘掉了，他早晨往往被人叫醒，從桌子底下拉出來。

到今天六月一日，西狄克眼光閃閃地走到耐火磚這里來了。他看透了事情的本質。第一——是奧波倫斯基的突擊隊嵌磚嵌得很快，他們是已經和磚頭完全馴熟了的。然而一切突擊隊，都有一個共通的缺陷，使他們疊得慢的，一定是遞送磚頭的人們，他們空開了時間，慢慢地遞送，所以磚匠們只得空着手等候着。奧波倫斯基是仗着嵌磚嵌得快，從這缺陷逃出了。西狄克的突擊隊，還沒有奧波倫斯基的突擊隊那樣的和磚頭馴熟。所以應該監督遞送磚頭的人們，藉此去進逼奧波倫斯基的突擊隊。第二，是一到交代，走出去的時候，毫不替接手的人們想一想，隨便放下了磚頭。這里就將時間化費了，于是……

『獨立會計，』西狄克說。『給我們一個地方罷，我們會負責任的。我們要分成兩班，在一處地方，從頭到底的工作下去，但遞送的人們要歸我們直接管理，我們要竭力多給他們工錢，按照着疊好的耐火磚的噸數來計算。』

自從將突擊隊改了獨立會計之後，到第二天，西狄克纔顯出了一個大飛躍，逼近奧波倫斯基了。

夜。

工廠街的郊外（還沒有工廠街，這還只是在基礎裏面的一個骨架），被散在的電燈的光照耀着。　電燈在風中動搖，從遠地裏就看得見。　庫茲尼克斯特羅伊（一）——這是浮着幾百隻下了錨而在搖動的船的大船塢。

都市在生長着。

二萬四千的工人們，每天從基礎裏扛起都市來，那是二萬四千的西狄克們，奧波倫斯基們，稷林們。　他們一面改造自然，使牠從屬于集團，一面改造自己本身，改造對于人們，對于勞動的自己的態度，于是在事實上，勞動就成爲『名譽的事業，道德和英勇的事業』了。

現在我們又在耐火磚的處所了，我們的面前，有西狄克和奧波倫斯基在。

什麼東西在推動他們，什麼東西使他們忘記了睡覺的呢？

『我們到這里來，並不是爲了盧布（盧布是我們隨處可以弄到的，也

註一：『熔礦爐建設』的意思——譯者。

不推却牠），來的是爲了要給人看看我們，看看我們康索謨爾是怎樣的人。』奧波倫斯基回答說。

『我不懂，』西狄克開初說，停了一會，又添上去道，『我這裏面有一條血管，是不能任憑牠就是這模樣，應該改造一下，應該給人們後來可以說——「西狄克和他的突擊隊，是很奮鬬了的」那麼地，從新創造一下的。』

我們的階級正在創造。

我們是生在偉大的創造的時代。

後記

畢力涅克（Boris Pilniak）的眞姓氏是鄂皐（Wogau），以一八九四年生于伏爾迦沿岸的一個混有日耳曼，猶太，俄羅斯，韃靼的血液的家庭裏。九歲時他就試作文章，印行散文是十四歲。『綏拉比翁的兄弟們』成立後，他爲其中的一員，一九二二年發表小說『精光的年頭』，遂得了甚大的文譽。這是他將內戰時代所身歷的酸辛，殘酷，醜惡，無聊的事件和場面，用了隨筆或雜感的形式，描寫出來的。其中並無主角，倘要尋求主角，那就是『革命』。而畢力涅克所寫的革命，其實不過是暴動，是叛亂，是原始的自然力的跳梁，革命後的農村，也只有嫌惡和絕望。他于是漸漸成爲反動作家的渠魁，爲蘇聯批評界所攻擊了，最甚的時候是一九二五年，幾乎從文壇上沒落。但至一九三〇年，以五年計劃爲題材，描寫反革命的陰謀及其失敗的長篇小說『伏爾迦流到裏海』發表後，纔又稍稍恢復了一些聲望，仍舊算是一個『同路人』。

『苦蓬』從『海外文學新選』第三十六編平岡雅英所譯的『他們的生活之一年』中譯出，還是一九一九年作，以時候而論，是很舊的，但這時蘇聯正在困苦中，作者的態度，也比成名後較爲眞摯。然而也還是近于隨筆模樣，將傳說，迷信，戀愛，戰爭等零星小材料，組成一片，有嵌鑲細工之觀，可是也覺得頗爲悅目。珂剛教授以爲畢力湼克的小說，其實都是小說的材料（見『偉大的十年的文學』中），用于這一篇，也是評得很愜當的。

綏甫林娜（Lidia Seifullina）生于一八八九年；父親是信耶教的韃靼人，母親是農家女。高等中學第七學級完畢後，她便做了小學的教員，有時也到各地方去演劇。一九一七年加入社會革命黨，但至一九一九年這黨反對革命的戰爭的時候，她就出黨了。一九二一年，始給西伯利亞的日報做了一篇短短的小說，竟大受讀者的歡迎，于是就陸續的創作，最有名的是『維里尼亞』（中國有穆木天譯本）和『犯人』（中國有曹靖華譯本，在『煙袋』中）。

『肥料』從『新興文學全集』第二十三卷中富士辰馬的譯本譯出，疑是一九二三年之作，所寫的是十月革命時一個鄉村中的貧農和富農的鬬爭，而前者終于失敗。這樣的事件，革命時代是常有的，蓋不獨蘇聯爲然。但作者却寫得很生動，地主的陰險，鄉下革命家的粗魯和認眞，老農的堅決，都歷歷如在目前，而且絕不見有一般『同路人』的對于革命的冷淡模樣，她的作品至今還爲讀書界所愛重，實在是無足怪的。

然而譯她的作品却是一件難事業，原譯者在本篇之末，就有一段『附記』說：

「眞是用了農民的土話所寫的綏甫林娜的作品，委實很難懂，聽說雖在俄國，倘不是精通鄉村的風俗和土音的人，也還是不能看的。竟至于因此有了爲看綏甫林娜的作品而設的特別的字典。我的手頭沒有這樣的字典。先前曾將這篇譯載別的刊物上，這回是從新改譯的。倘有總難了然之處，則求教于一個熟知農民事情的韃靼的婦人。綏甫林娜也正是韃靼系。但求教之後，却愈加知道這篇的難懂了。這回的譯文，自然不能說是足夠傳出了作者的心情，但比起舊譯來，却自以爲好了不少。須到坦波夫或者那里的鄉下去，在農民裏面過活三四年，那也許能夠得到完全的翻譯罷。」

但譯者却將求教之後，這纔了然的土話，改成我所不懂的日本鄉下的土話了，于是只得也求教于生長在日本鄉下的M君，勉強譯出，而于農民言語，則不再用某一處的土話，仍以平常的所謂「白話文」了事，因爲我是深知道決不會有人來給我的譯文做字典的。但于原作的精采，恐怕又損失不少了。

略悉珂(Nikolei Liashko)是在一八八四年生于哈里珂夫的一個小市上的，父母是兵卒和農女。 他先做咖啡店的侍者，後來當了皮革製造廠，機器製造廠，造船廠的工人，一面聽着工人夜學校的講義。 一九〇一年加入工人的祕密團體，因此轉輾于捕縛，牢獄，監視，追放的生活中者近十年，但也就在這生活中開始了著作。 十月革命後，爲無產者文學團體『鍛冶廠』之一員，著名的著作是『鎔鑪』，寫內亂時代所破壞，死滅的工廠，由工人們自己的團結協力而復興，格局與革拉特珂夫的『士敏土』頗相似。

『鐵的靜寂』還是一九一九年作，現在是從『勞農露西亞短篇集』內，外村史郎的譯本重譯出來的。 看那作成的年代，就知道所寫的是革命直後的情形，工人的對于復興的熱心，小市民和農民的在革命時候的自利，都在這短篇中出現。 但作者是和傳統頗有些聯繫的人，所以雖是無產者作家，而觀念形態卻與『同路人』較相近，然而究竟是無產者作家，所以那同情在工人一方面，是大略一看，就明明白白的。 對于農民的憎惡，也常見于初期的無產者作品中，現在的作家們，已多在竭力的矯正了，例如法捷耶夫的『毀滅』，即爲此費去不少的篇幅。

聶維洛夫(A'eksandr Neverov)眞姓斯珂培萊夫(Skobelev)，以一八八六年生爲薩瑪拉(Samara)州的一個農夫的兒子。 一九〇五年師範學校第二級卒業後，做了村學的教師。 內戰時候，則爲薩瑪拉的革命底軍事委員會的機關報『赤衞軍』的編輯者。 一九二〇至二一年大飢荒之際，他和飢民一同從伏爾迦逃往搭什干，二二年到墨斯科，加入『鍛冶廠』，二二年冬，就以心臟痲痺死去了，年三十七。 他的最初的小說，在一九〇五年發表，此後所作，爲數甚多，最著名的是『豐饒的城搭什干』，中國有穆木天譯本。

「我要活」是從愛因斯坦因（Malia Einstein）所譯，名爲『人生的面目』(Das Antlitz des Lebens)的小說集裏重譯出來的。爲死去的受苦的母親，爲未來的將要一樣受苦的孩子，更由此推及一切受苦的人們而戰鬬，觀念形態殊不似革命的勞動者。然而作者還是無產者文學初期的人，所以這也並不足令人詫異。珂剛教授在『偉大的十年的文學』裏說：

『出于「鍛冶廠」一派的最是天才底的小說家，不消說，是將崩壞時代的農村生活，加以傑出的描寫者之一的那亞歷山大•聶維洛夫了。他全身浴着革命的吹噓，但同時也愛生活。……他之于時事問題，是遠的，也是近的。說是遠者，因爲他貪婪的愛着人生。說是近者，因爲他看見站在進向人生的幸福和充實的路上的力量，覺到解放的力量。……

「聶維洛夫的小說之一「我要活」，是描寫自願從軍的紅軍士兵的，但這人也如聶維洛夫所寫許多主角一樣，高興地愛着生活。他遇見春天的廣大，曙光，夕照，高飛的鶴，流過窪地的小溪，就開心起來。這是因他家裏有一個妻子和兩個小孩，他却去打仗了。他去赴死了。這是因爲要活的緣故；因爲有意義的人生觀爲了有意義的生活，要求着死的緣故；因爲單是活着，並非就是生活的緣故；因爲他記得洗衣服的他那母親那里，每夜來些兵丁，脚夫，貨車夫，流氓，好像打一匹乏力的馬一般地毆打她，灌得醉到失了知覺，獃頭獃腦的無聊的將她推倒在眠牀上的緣故。』

瑪拉式庚（Sergei Malashkin）是士拉省人，他父親是個貧農。他自己說，他的第一個先生就是他的父親。但是，他父親很守舊的，只准他讀『聖經』和『使徒行傳』等類的書：他偷讀一些『世俗的書』，父親就要打他的。不過他八歲時，就見到了果戈理，普式庚，萊爾孟多夫的作品。『果戈理的作品給了我很大的印像，甚至於使我常常做夢看見魔鬼和各種各式的妖怪。」 他十一二歲的時候非常之淘氣，到處搗亂。十三歲就到一個富農的家裏去做工，放馬，耕田，割草…… 在這富農家裏，做了四個月。 後來就到坦波夫省的一個店鋪子裏當學徒。 雖然工作很多，可是他總是偷着功夫看書，而且更喜歡『搗亂和頑皮』。

一九〇四年，他一個人逃到了墨斯科，在一個牛奶坊裏找着了工作。不久他就碰見了一些革命黨人，加入了他們的小組。 一九〇五年革命的時候，他參加了墨斯科十二月暴動，攻打過一個飯店，叫做『波浪』的，那飯店裏有四十個憲兵駐紮着：很打了一陣，所以他就受了傷。 一九〇六年他加入了布爾塞維克黨，一直到現在。 從一九〇九年之後，他就在俄國到處流蕩，當苦力，當店員，當木料廠裏的工頭。 歐戰的時候，他當過兵，在『德國戰線』上經過了不少次的殘酷的戰鬥。 他一直喜歡讀書，自己很勤懇的學習，收集了許多少見的書籍（五千本）。

他到三十二歲，才『偶然的寫些作品』。

『在五年的不斷的文學工作之中，我寫了一些創作（其中一小部分已經出版了）。所有這些作品，都使我非常之不滿意，尤其因爲我看見那許多偉大的散文創作：普式庚，萊爾孟多夫，果戈理，陀思妥夫斯基，和蒲寧。研究着他們的創作，我時常覺着一種苦痛，想起我自己所寫的東西——簡直一無價値……就不知道怎麽才好。

『而在我的前面正在咆哮着，轉動着偉大的時代，我的同階級的人，在過去的幾百年裏是沉默着的，是受盡了一切痛苦的，現在却已經在建設着新的生活，用自己的言語，大聲的表演自己的階級，乾脆的說：——我們是主人。

『藝術家之中，誰能夠廣泛的深刻的能幹的在自己的作品裏反映這個主人，——他才是幸福的。

『我暫時沒有這種幸福，所以痛苦，所以難受。』（瑪拉式庚自傳）

他在文學團體裏，先是屬于『鍛冶廠』的，後卽脫離，加入了『十月』。一九二七年，出版了描寫一個革命少女的道德底破滅的經過的小說，曰『月亮從右邊出來』一名『異乎尋常的戀愛』，就捲起了一個大風暴，惹出種種的批評。有的說，他所描寫的是眞實，足見現代青年的墮落；有的說，革命青年中並無這樣的現象，所以作者是對于青年的中傷；還有折中論者，以爲這些現象是實在的，然而不過是青年中的一部分。高等學校還因此施行了心理測驗，那結果，是明白了男女學生的絕對多數，都是願意繼續的共同生活，『永續的戀愛關係』的。珂剛教授在『偉大的十年的文學』中，對于這一類的文學，很說了許多不滿的話。

但這本書，日本却早有太田信夫的譯本，名爲『右側之月』，末後附着短篇四五篇。這里的『工人』，就從日本譯本中譯出，並非關于性的作品，也不是什麽傑作，不過描寫列寧的幾處，是彷彿妙手的速寫畫一樣，頗有神采的。還有一個不大會說俄國話的男人，大約就是史太林了，因爲他原是生于喬具亞（Georgia）——也即『鐵流』裏所說起的克魯怎的。

綏拉菲摩維支(A. Serafimovich)的眞姓是波波夫(Aleksandr Serafimovich Popov)，是十月革命前原已成名的作家，但自『鐵流』發表後，作品既是劃一時代的紀念碑底的作品，作者也更被確定爲偉大的無產文學的作者了。靖華所譯的『鐵流』，卷首就有作者的自傳，爲省紙墨計，這里不多說罷。

『一天的工作』和『岔道夫』，都是文尹從『綏拉菲摩維支全集』第一卷直接譯出來的，都還是十月革命以前的作品。譯本的前一篇的前面，原有一篇序，說得很分明，現在就完全抄錄在下面；——

綏拉菲摩維支是『鐵流』的作家，這是用不着介紹的了。可是，『鐵流』出版的時候已經在十月之後；『鐵流』的題材也已經是十月之後的題材了。中國的讀者，尤其是中國的作家，也許很願意知道：人家在十月之前是怎麽樣寫的。是的！他們應當知道，他們必須知道。至於那些以爲不必知道這個問題的中國作家，那我們本來沒有這種閒功夫來替他們打算，——他們自己會找着李完用文集或者吉百林小說集……去學習，學習那種特別的巧妙的修辭和布局。騙人，尤其是騙羣衆，的確要有點兒本事！至於綏拉菲摩維支，他是不要騙人的，他要替羣衆說話，他並且能夠說出羣衆所要說的話。可是，他在當時——十月之前，應當有騙狗的本事。當時的文字獄是多麽殘酷，當時的書報檢查是多麽嚴厲，而他還能夠寫，自然並不能夠『暢所欲言』，然而寫始終能夠寫的，而且能夠寫出暴露社會生活的強有力的作品，能夠不斷的揭穿一切種種的假面具。

這篇小說：『一天的工作』，就是這種作品之中的一篇。出版的時候是一八九七年十月十二日——登載在『亞佐夫海邊報』上。這個日報不過是頓河邊的洛斯託夫地方的一個普通的自由主義的日報。讀者如果仔細的讀一讀這篇小說，他所得的印象是什麽呢？難道不是那種舊制度各方面的罪惡的一幅畫象！這裏沒有『英雄』，沒有標語，沒有鼓動，沒有『文明戲』裏的演說艸稿。但是，………

這篇小說的題材是眞實的事實，是諾沃赤爾卡斯克城裏的藥房學徒的生活。作者的兄弟，謝爾蓋，在一千八百九十幾年的時候，正在這地方當藥房的學徒，他親身受到一切種種的剝削。謝爾蓋的生活是非常苦的。父親死了之後，他就不能夠再讀書，中學都沒有畢業，就到處找事做，換過好幾種職業，當過水手；後來還是靠他哥哥（作者）的幫助，方才考進了藥房，要想熬到製藥師副手的資格。後來，綏拉菲摩維支幫助他在郭鐵爾尼珂華站上自己開辦了一個農村藥房。綏拉菲摩維支時常到那地方去的；一九〇八年他就在這地方收集了材料，寫了他那第一篇長篇小說：『曠野裏的城市』。

范易嘉誌。一九三二，三，三〇。

孚爾瑪諾夫（Dmitriy Furmanov）的自傳裏沒有說明他是什麼地方的人，也沒有說起他的出身。他八歲就開始讀小說，而且讀得很多，都是司各德，萊德，倍恩，陀爾等類的翻譯小說。他是在伊凡諾沃．沃茲納新斯克地方受的初等教育，進過商業學校，又在吉納史馬畢業了實科學校。後來進了墨斯科大學，一九一五年在文科畢業，可是沒有經過『國家攷試』。就在那一年當了軍醫裏的看護士被派到『土耳其戰線』，到了高加索，波斯邊境，又到過西伯利亞，到過『西部戰線』和『西南戰線』……

一九一六年回到伊凡諾沃，做工人學校的教員。一九一七年革命開始之後，他熱烈的參加。他那時候是社會革命黨的極左派，所謂『最大限度派』（„Maximalist”）。

『只有火燄似的熱情，而政治的經驗很少，就使我先成了最大限度派，後來，又成了無政府派，當時覺得新的理想世界，可以用無治主義的炸彈去建設，大家都自由，什麼都自由！』

『而實際生活使我在工人代表蘇維埃裏工作（副主席）；之後，于一九一八年六月加入布爾塞維克黨。 孚龍茲（Frunze ，是託羅茨基免職之後第一任蘇聯軍事人民委員長，現在已經死了。——譯者）對於我的這個轉變起了很大的作用，他和我的幾次談話把我的最後的無政府主義的幻想都撲滅了』。（自傳）

不久，他就當了省黨部的書記，做當地省政府的委員，這是在中央亞細亞。 後來，同着孚龍茲的隊伍參加國內戰爭，當了查葩耶夫第二十五師的黨代表，土耳其斯坦戰線的政治部主任，古班軍的政治部主任。 他祕密到古班的白軍區域裏去做工作，當了『赤色陸戰隊』的黨代表，那所謂『陸戰隊』的司令就是『鐵流』裏的郭如鶴（郭甫久鶴）。 在這裏，他脚上中了鎗彈。 他因爲革命戰爭裏的功勞，得了紅旗勳章。

一九一七——一八年他就開始寫文章，登載在外省的以及中央的報章雜誌上。一九二一年國內戰爭結束之後，他到了墨斯科，就開始寫小說。出版了『赤色陸戰隊』，『查葩耶夫』，『一九一八年』。一九二五年，他著的『叛亂』出版（中文譯本改做『克服』），這是講一九二〇年夏天謝米列赤伊地方的國內戰爭的。謝米列赤伊地方在伊犂以西三四百里光景，中國舊書裏，有譯做『七河地』的，這是七條河的流域的總名稱。

從一八二一年之後，孚爾瑪諾夫才完全做文學的工作。不幸，他在一八二六年的三月十五日就病死了。他墓碑上刻着一把劍和一本書；銘很簡單，是：特密忒黎，孚爾瑪諾夫，共產主義者，戰士，文人。

孚爾瑪諾夫的著作，有：

『查葩耶夫』——一九二三年。

『叛亂』——一九二五年，

『一九一八年』——一九二三年。

『史德拉克』——短篇小說，一九二五年。

『七天』（『查茈耶夫』的縮本）——一九二六年。

『鬥爭的道路』——小說集。

『海岸』（關於高加索的『報告』，一九二六年。

『最後幾天』——一九二六年。

『忘不了的幾天』——『報告』和小說集，一九二六年。

『盲詩人』——小說集，一九二七年。

孚爾馬諾夫文集四卷。

『市儈雜記』——一九二七年。

『飛行家薩諾夫』——小說集，一九二七年。

這里的一篇『英雄們』，是從斐檀斯的譯本（D. Fourmanow: Die roten Helden, deutsch von A. Videns, Verlag der Jugendinternationale, Berlin 1928）重譯的，也許就是『赤色陸戰隊』。所記的是用一支奇兵，將白軍的大

隊打退，其中似乎還有些傳奇色采，但很多的是身歷和心得之談，卽如由出發以至登陸這一段，就是給高談專門家和嘮叨主義者的一個大教訓。

將„Helden"譯作『英雄們』，是有點流弊的，因爲容易和中國舊來的所謂『顯英雄』的『英雄』相混，這里其實不過是『男子漢，大丈夫』的意思。 譯作『別動隊』的，原文是"Dessant"，源出法文，意云『追加』，也可以引伸爲飯後的點心，書籍的附錄，本不是軍用語。 這里稱郭甫久鶴的一隊爲"rote Dessant"，恐怕是一個譯號，應該譯作『紅點心』的，是並非正式軍隊，牠的前去攻打敵人，不過給喫一點點心，不算正餐的意思。 但因爲單是猜想，不能確定，所以這里就姑且譯作中國人所較爲聽慣的，也非正裝軍隊的『別動隊』了

唆羅訶夫（Michail Sholochov）以一九〇五年生于頓州。 父親是雜貨，家畜和木材商人，後來還做了機器磨坊的經理。 母親是一個土耳其

女子的曾孫女，那時她帶了她的六歲的小兒子——就是唆羅訶夫的祖父——作爲俘虜，從哥薩克移到頓來的。唆羅訶夫在墨斯科時，進了小學，在伏羅內希時，進了中學，但沒有畢業，因爲他們爲了侵進來的德國軍隊，避到頓方面去了。在這地方，這孩子就目睹了市民戰，一九二二年，他曾參加了對于那時還使頓州不安的馬賊的戰鬬。到十六歲，他便做了統計家，後來是扶養委員。他的作品于一九二三年這纔付印，使他有名的是那大部的以市民戰爲材料的小說『靜靜的頓河』，到現在一共出了四卷，第一卷在中國有賀非譯本。

『父親』從『新俄新作家三十八集』中翻來，原譯者是斯忒拉綏爾(Nadja Strasser)；所描寫的也是內戰時代，一個哥薩克老人的處境非常之難，爲了小兒女而殺較長的兩男，但又爲小兒女所憎恨的悲劇。和果戈理，託爾斯泰所描寫的哥薩克，已經很不同，倒令人彷彿看見了在戈理基初期作品中有時出現的人物。契訶夫寫到農民的短篇，也有近于這一類的東西。

班菲洛夫(Fedor Panferov)生于一八九六年，是一個貧農的兒子，九歲時就給人去牧羊，後來做了店鋪的伙計。他是共產黨員，十月革命後，大爲黨和政府而從事于活動，一面創作着出色的小說。最優秀的作品，是描寫貧農們爲建設農村的社會主義的鬬爭的『勃魯斯基』，以一九二六年出版，現在歐美諸國幾乎都有譯本了。

關于伊連珂夫(V. Ilienkov)的事情，我知道得很少。只看見德文本『世界革命的文學』(Literatur der Weltrevolution)的去年的第三本裏，說他是全俄無產作家同盟(拉普)中的一人，也是一個描寫新俄的人們的生活，尤其是農民生活的好手。

當蘇俄施行五年計畫的時候，革命的勞動者都爲此努力的建設，組突擊隊，作社會主義競賽，到兩年半，西歐及美洲『文明國』所視爲幻想，妄談，昏話的事業，至少竟有十個工廠已經完成了。那時的作家們，也應了社會的要求，應了和大藝術作品一同，一面更加提高藝術作品的實質，一面也用了報告文學，短篇小說，詩，素描的目前小品，來表示正在獲勝的集團，工廠，以及共同經營農場的好漢，突擊隊員的要求，走向庫兹巴斯，巴庫，斯太林格拉持，和別的大建設的地方去，以最短的期限，做出這樣的藝術作品來。日本的蘇維埃事情研究會所編譯的『蘇聯社會主義建設叢書』第一輯『衝擊隊』（一九三一年版）中，就有七篇這一種『報告文學』在裏面。

『枯煤，人們和耐火磚』就從那里重譯出來的，所說的是伏在地面之下的泥沼的成因，建設者們的克服自然的毅力，枯煤和文化的關係，煉造枯煤和建築枯煤爐的方法，耐火磚的種類，競賽的情形，監督和指導的要訣。種種事情，都包含在短短的一篇裏，這實在不只是『報告文學』的好標本，而是實際的知識和工作的簡要的教科書了。

但這也許不適宜于中國的若干的讀者，因爲倘不知道一點地質，煉煤，開礦的大略，讀起來是很無興味的。但在蘇聯却又作別論，因爲在社會主義的建設中，智識勞動和筋肉勞動的界限也跟着消除，所以這樣的作品也正是一般的讀物。由此更可見社會一異，所謂『智識者』卽截然不同，蘇聯的新的智識者，實在已不知道爲什麼有人會對秋月傷心，落花墜淚，正如我們的不明白爲什麼鎔鐵的爐，倒是沒有爐底一樣了。

『文學月報』的第二本上，有一篇周起應君所譯的同一的文章，但比這里的要多三分之一，大抵是關于稷林的故事。我想，這大約是原本本有兩種，並非原譯者有所增減，而他的譯本，是出于英文的。我原想借了他的譯本來，但想了一下，就又另譯了『衝擊隊』裏的一本。因爲詳的一本，雖然興味較多，而因此又掩蓋了緊要的處所，簡的一本則脈絡分明，但讀起來終不免有枯燥之感——然而又各有相宜的讀者層的。有心的讀者或作者倘加以比較，研究，一定很有所省悟，我想，給中國有兩種不同的譯本，決不會是一種多事的徒勞的。

但原譯本似乎也各有錯誤之處。例如這里的『他講話，總彷彿手上有着細索子，將這連結着的一樣。』周譯本作『他老是這樣地說話，好像他銜了甚麼東西在他的牙齒間，而且在緊緊地把牠咬着一樣。』這里的『他早晨往往被人叫醒，從桌子底下拉出來。』周譯本作『他常常驚醒來了，或者更正確地說，從桌上抬起頭來了。』想起情理來，都應該是後一譯不錯的，但爲了免得雜亂起見，我都不據以改正。

從描寫內戰時代的『父親』，一跳就到了建設時代的『枯煤，人們和耐火磚』，這之間的間隔實在太大了。但目下也沒有別的好法子。因爲一者，我所收集的材料中，足以補這空虛的作品很有限；二者，是雖然還有幾篇，却又是不能紹介，或不宜紹介的。幸而中國已經有了幾種長篇或中篇的大作，可以稍稍彌縫這缺陷了。

一九三二年九月十九日，編者。

良友文學叢書之一

魯迅編譯

豎琴

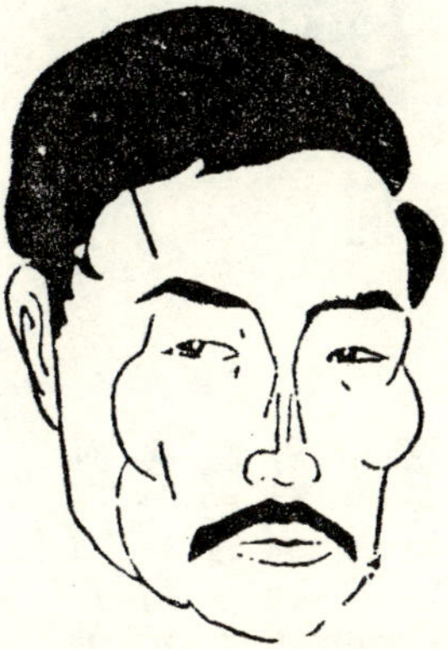

二百九十餘頁
淡黃道林精印
灰色布面洋裝
圓柱燙金脊骨
每册實洋九角
郵費國內二分半 國外二角半

這是近三年來魯迅先生從蘇聯數百名作家中所精愼選譯的十篇，代表十個作家，全是同路人的作品。魯迅先生譯筆的忠實，是全國文壇所共知的事實。讀了這册書，勝過讀了數十册蘇俄的小說集。

一九三三年一月出版

良友文學叢書之三

雨

巴金創作

全書近三百頁
藍色布面洋裝
每册實價九角
郵費國內二分半 國外二角半

這不是一部普通的戀愛小說。在故事的行進中，包藏着作者內心生活的開展。這裏滿罩着陰鬱的氛圍，同時有勇敢掙扎的紀錄。這是巴金先生一九三二年中最大的收穫品。

一九三三年一月出版